Claire McNab
Das Ende vom Lied

Claire McNab

Das Ende vom Lied

Offensive Krimi

aus dem amerikanischen Englisch
von Gerlinde Kowitzke

Frauenoffensive

1. Auflage, 1993

Originaltitel: Dead Certain

(Knollerstr. 3, 80802 München)

ISBN 3-88104-242-3

Druck: Clausen & Bosse, Leck
Umschlaggestaltung: Frauke Bergemann, München

Dies Buch ist gedruckt auf Papier aus chlorfrei gebleichtem Zellstoff.

DIE PERSONEN

Carol Ashton	Kriminalkommissarin
Sybil Quade	Carols Geliebte, Lehrerin
Mark Bourke	Kriminalinspektor
Anne Newsome	Kriminalassistentin
Collis Raeburn	Opernsänger
Kenneth Raeburn	Collis' Vater
Nicole Raeburn	Collis' Schwester
Graeme Welton	Opernkomponist
Edward Livingston	Opernintendant
Alanna Brooks	Primadonna
Corinne Jawalski	Opernsängerin
Lloyd Clancy	Opernsänger
Douglas Binns	Angestellter der Oper
Madeline Shipley	Fernsehmoderatorin
Pat James	Marks Verlobte, Museumsangestellte
Tante Sarah	Carols Tante
David	Carols Sohn
Sinker & Jeffrey	Kater

Prolog

Beim Anblick des Schildes BITTE NICHT STÖREN räusperte sich der Hotelgeschäftsführer und rückte seine Krawatte zurecht. Er sah die stattliche Personalchefin an, die kurz von ihrem Kaugummi abließ und sagte: „Nun machen Sie schon."

„Ich höre etwas. Da spricht doch jemand."

„Der Fernseher läuft."

Er zögerte noch einen Moment, dann klopfte er resolut an die Tür. „Mr. Raeburn? Hier ist der Geschäftsführer..."

Die Personalchefin seufzte. „Er hat nicht auf die Zimmermädchen reagiert. Ihnen wird er auch nicht antworten."

„Mr. Raeburn...?"

Der Fernseher plärrte laut, als er die Tür aufschloß, kalte Luft schlug ihm entgegen. Er ging durch den kleinen Flur ins Zimmer. „O mein Gott."

Collis Raeburn lag auf dem Bett, den Kopf zur Seite gedreht. Ein Arm hing über der Bettkante, die Hand berührte den beigefarbenen Plüschteppich, daneben ein umgekipptes Glas und verstreute Tabletten. Es stank nach Whisky.

Widerstrebend packte der Geschäftsführer ihn an die Schulter, befühlte dann das Gesicht. „O mein Gott", wiederholte er.

Die Personalchefin stellte den Fernseher ab. In der plötzlichen Stille klang ihre Stimme zu laut. „Hat sich ausgeklinkt." Als der junge Mann neben ihr nicht antwortete, fügte sie hinzu: „Holen Sie den Chef, und rühren Sie nichts an."

„Wissen Sie, wer das ist? Collis Raeburn, der Opernstar."

„Ach ja? Wer auch immer, jedenfalls ist er tot."

1

Inspektor Mark Bourke lehnte im Türrahmen der Teeküche im Büro und fuhr sich durch das braune Stoppelhaar. „Die Hochzeit wird eine ziemlich große Sache, leider. Wir beide hätten sie ja gern intimer gehabt, aber Pat hat eine Riesenverwandtschaft..."

„Das läßt nichts Gutes hoffen, eine Riesenverwandtschaft", bemerkte Kriminalassistentin Anne Newsome betont trübselig und löffelte sich Pulverkaffee in ihre Tasse.

Kriminalkommissarin Carol Ashton amüsierte sich über das Sticheln der jungen Assistentin. „Anne könnte recht haben, Mark", pflichtete sie bei. „Denk nur mal, wenn deine ganze neue Sippschaft dich plötzlich bestürmt, du sollst ihre Knöllchen wegen Verkehrsübertretung regeln."

„Damit werd' ich schon fertig."

Und das würde er. Carol lächelte in sein offenes, sympatisches Gesicht. Mark Bourke nahm das Leben, wie es kam, mit trockenem Humor, und seine Begabung, den Dingen mit kühler Logik auf den Grund zu gehen und keine Recherche zu scheuen, machte ihn zu einem guten Polizisten. Carol hatte schon viele Fälle mit ihm bearbeitet, beide respektierten einander. Zwischen ihnen hatte sich eine Freundschaft entwickelt, ohne große Worte, doch sehr beständig.

„Die Hochzeit wird im Freien stattfinden, nicht in einer Kirche", sagte er. „Auch die Trauungszeremonie. Hoffentlich spielt das Wetter mit – im Frühling weiß man ja nie..."

„Machen Sie die Zeremonie selbst?"

„Selbst? Pat hat nichts davon gesagt..."

„Sie können die Zeremonie nämlich selbst machen. Nur scheiden lassen müssen Sie sich amtlich."

Carol dachte an die eigene Hochzeit mit dem Rechtsanwalt Justin Hart zurück, damals in der St. Markus-Kirche am Darling Point, ein großes, prunkvolles gesellschaftliches Ereignis, so exklusiv, und die Scheidung in aller Stille ein paar Jahre später, so zivilisiert. „Ich dachte, du stehst auf einer formalen Trauung, Mark."

„Wäre mir lieber gewesen, Carol. Du weißt ja, wie sehr ich es schätze, wenn alles seine Ordnung hat, so daß ich weiß, wie ich dran bin. Aber Pat wollte sie nun mal am Balmoral Beach."

Anne gluckste. „Im Sand oder knöcheltief im Wasser neben dem Haifischnetz?"

Carol betrachtete sie versonnen, während Mark erklärte, daß die Zeremonie in dem bezaubernd restaurierten viktorianischen Musikpavillon im Park beim Strand stattfände.

Anne, die beste Jahrgangsabsolventin der Polizeiakademie, engagiert und intelligent, war jetzt schon über ein halbes Jahr im Team und hatte sich mühelos eingepaßt. Sie gab offen ihre Meinung kund, hatte keine Scheu vor den anderen Polizisten und maßte sich nie etwas an, das ihr nicht zustand. Carols Widerstreben zu Anfang, wie ihr längst klargeworden war, rührte aus dem Verdruß, daß ihre vertraute Teambeziehung mit Mark Bourke aufgebrochen und um eine ambitionierte Polizistin erweitert wurde. Doch schließlich hatte Annes Professionalität sie überzeugt, Carol hatte sie anerkannt und inzwischen unter ihre Fittiche genommen.

„Kommissarin Ashton?"

Carol drehte sich zu dem schneidigen Mann in grauem Flanell um. „Ja?"

Er hielt ihr die Hand hin. „Ich bin Simon Sykes vom Büro des Polizeichefs. Wir haben uns zwar noch nicht kennengelernt, aber ich bewundere Ihre Arbeit schon lange."

Public relations, dachte Carol, während sie ihm kurz die Hand schüttelte.

„Können wir irgendwo miteinander reden?"

Carol deutete auf ihr Büro. Sie schloß die Tür, bevor er sie darum bitten konnte, und wies auf einen Stuhl. Er war wie aus dem Ei gepellt, alert und höflich. Carol mißfiel er instinktiv, und sie mißtraute ihm, doch sie lächelte ihn an und sagte: „Ja, Mr. Sykes?"

„Simon – bitte. Ich gehöre zum Pressestab des Polizeichefs."

Carol nickte. *Und mich kannst du Kommissarin Ashton nennen.* „Sind Sie gerade neu dazugekommen?" erkundigte sie sich.

„Ja. Ich komme von der Public relations..." Ein vorsichtig zurückgenommenes Lächeln, dann fuhr er zügig fort: „Der Polizeichef bat mich, Sie zu unterrichten, bevor er selbst mit Ihnen spricht. Es gibt da ein kleines Problem."

Die Polizei-PR war schon immer problembehaftet gewesen und in jüngster Zeit besonders, da die Beziehungen von Polizeibeamten zur kriminellen Szene des öfteren Gegenstand gerichtlicher Untersuchungen gewesen waren. Daraufhin war ein neuer Polizeichef eingesetzt und die Polizei einer gründlichen Säuberung unterzogen worden. Durch die Öffentlichkeitsarbeit der Polizei konnte ihr Image aufpoliert und das Vertrauen der Bevölkerung in die Polizei wiederhergestellt werden. Der seit kurzem amtierenden, besonders ambitionierten, streng durchgreifenden Justizministerin war an guter Presse sehr gelegen, und sie hatte die PR-Arbeit noch intensiviert. Somit stand die Polizei unter Druck, ihr Ansehen in der Bevölkerung weiter zu verbessern. Zynische Stimmen sagten, die Justizministerin profiliere sich nur, weil sie es auf den Stuhl des Premierministers abgesehen habe. Carol war der Ansicht, mit Senatorin Marjory Quince sei eine gute Wahl getroffen worden, obwohl ihr gleichzeitig bewußt war, daß eine Frau als Oberhaupt der Polizeikräfte – bisher eine Männerbastion – unter dem Druck stand, eine noch härtere Gangart als ihre Vorgänger vorlegen zu müssen.

„Was also ist das kleine Problem?“ fragte Carol direkt.

„Der Tod von Raeburn. Der Polizeichef möchte, daß Sie die Untersuchung übernehmen.“

Über Collis Raeburn brauchte er nicht viel zu sagen. Seit vor zwei Tagen seine Leiche in einem Fünf-Sterne-Hotel entdeckt worden war, bauschten die Medien alles auf, was sie über ihn kriegen konnten. Die Schlagzeilen überboten sich förmlich: AUSTRALIENS PAVAROTTI TOT. GOLDENE KEHLE FÜR IMMER VERSTUMMT. AUSTRALIENS STIMME ERLOSCHEN. Die Fernsehsender änderten ihre Programme und zeigten Raeburns größte Triumphe, vor allem Szenen aus *Great South Land*. Darin hatte Raeburn an den verschiedensten Plätzen ein Potpourri von Liedern und Arien gesungen: „Nessun dorma“ unter Flutlicht auf Ayers Rock, aus Carmen die „Blumenarie“ auf der Spitze von Cape York und als spektakuläres Finale „Advance Australia Fair“ oben auf dem Bogen der Sydney Harbour Bridge.

„Warum soll ich den Fall übernehmen?“ fragte Carol. „Wie ich hörte, soll es sich einwandfrei um Suizid handeln.“

Sykes vergewisserte sich, daß die Tür geschlossen war, dann sagte er leise in vertraulichem Ton: „Collis Raeburn war HIV-positiv – und nicht etwa durch eine Bluttransfusion.“

HIV-positiv. Bei diesem Wort erstanden Bilder des Elends vor ihr, es rührte tiefe Gefühle in ihr auf: Sie dachte an einen sterbenden Freund; sah den Ausdruck von Tapferkeit und Schmerz; Mitleid und Liebe auf manchen Gesichtern, Haß und Angst auf anderen...

„Die Familie will nicht, daß es bekannt wird“, fuhr Sykes fort.

„Dafür brauchen Sie mich nicht.“

„Das ist nicht alles. Die Familie Raeburn beharrt darauf, daß es ein Unfall war. Kein Suizid.“

Carol sagte nichts dazu. Wie oft hatte man ihr schon einen Fall übertragen, bei dem ein versierter Umgang mit den Medien erforderlich war. Nicht ohne Zynismus dachte sie an ihre Vorzüge: Sie war telegen, pflegte guten Kontakt zu den Medien, behielt selbst bei den heikelsten Fragen auf Pressekonferenzen einen kühlen Kopf, ja, sie galt als Autorität.

„Es geht um die Versicherung“, erklärte Sykes. „Wenn es ein Unfall ist, muß sie zahlen. Aber bei Selbstmord...“

„Das ist wohl kaum Gegenstand einer polizeilichen Untersuchung“, entgegenete Carol barsch. „Uns kümmert lediglich der Bericht für den Untersuchungsrichter.“

Sykes spreizte beschwörend die Hände. „Die Raeburns sind mit der Justizministerin befreundet.“ Er wartete, wie sie darauf reagierte.

Carol sah ihn an; daß eine der wenigen Frauen im Rang einer Ministerin genauso wie die anderen korrupten Politiker besondere Gefälligkeiten erwartete, enttäuschte sie schon.

Sykes hüstelte und beugte sich verschwörerisch vor. „Sie wissen ja, wie es ist. Im Vertrauen gesagt, der Polizeichef wurde gebeten, die Untersuchung rasch und ohne Aufhebens durchzuziehen, über peinliche Details Stillschweigen zu wahren und die Sache so bald wie möglich vor den Untersuchungsrichter zu bringen.“

„Weshalb ich?“

Sykes lächelte. „Weil Sie die Beste sind, Kommissarin. Deshalb.“

***

Das palastartige Büro des Polizeichefs wirkte zu protzig und schick für seinen ungeschlachten Körper und seine geradlinige Person.

Er runzelte mißmutig die Brauen über Sykes, dann wandte er sich an Carol: „Mir gefällt die Sache genausowenig wie

Ihnen, Carol, aber die Ministerin besteht auf besonderer Behandlung dieses Falles."

Carol hatte, bevor sie das Büro verließ, kurz mit dem Polizeibeamten gesprochen, der die Untersuchung des Todes von Collis Raeburn vorgenommen hatte. Jetzt sagte sie: „Es scheint keine Verdachtsmomente zu geben. Auch wenn es keinen Abschiedsbrief gibt, deutet alles auf Selbstmord hin. Offenbar hat er sich genau nach dem *Handbuch zur Sterbehilfe* gerichtet. Das Exemplar lag neben seinem Bett, wie Sie wissen. Und wenn Raeburn HIV-positiv war, hat ihn das vielleicht dazu bewogen – und wer weiß, unter welchem Druck er sonst noch gestanden hat."

„Sein Vater und seine Schwester sind felsenfest überzeugt, daß er es auf gar keinen Fall getan hat."

Sykes fügte hinzu: „Die Schlaftabletten wurden ihm verschrieben. Die Familie beharrt darauf, daß es ein tragischer Unfall ist."

Carol verlor langsam die Geduld, doch sie beherrschte sich. „Ich würde dazu raten, den Bericht dem Untersuchungsrichter vorzulegen und ihm die Sache zu überlassen."

Sykes blies sich auf: „Die Medien sind ein Problem..."

Der Polizeichef fuhr ihm in die Parade. „Die Ministerin fürchtet negative Schlagzeilen."

„Natürlich ist absolute Diskretion erforderlich", mischte Sykes sich schon wieder ein.

Der Polizeichef funkelte ihn unwillig an: „Ersparen Sie sich eine solche Bemerkung, Sykes. Kommissarin Ashton ist sehr wohl bewußt, daß über die HIV-Infektion von Raeburn strenges Stillschweigen gewahrt wird."

Sykes glättete ungerührt seine Krawatte. „Ich meinte die unteren Ränge, nicht Kommissarin Ashton. Sicher werden Sie mir zustimmen, daß alle, die mit dem Fall befaßt sind, besondere Anweisung erhalten."

„Ja. Ja", fertigte der Polizeichef ihn ungeduldig ab. Er

lehnte seinen massigen Körper zurück. „Carol, Sie leiten die Untersuchung, betreiben Sie Schadensbegrenzung so weit wie möglich. Sie haben gute Kontakte zu den Medien, ich erwarte, daß Sie sie nutzen. Ich muß Ihnen ja nicht sagen, was passiert, wenn bekannt wird, daß Raeburn HIV-infiziert war. Wir wollen der Familie das ersparen."

Carol unterdrückte die sarkastische Bemerkung: *Warum raten Sie der Familie nicht, zu behaupten, er hätte sich den Virus bei einer Transfusion zugezogen? Das trüge ihr garantiert die schockierte Sympathie der Öffentlichkeit ein – statt Abscheu und Entrüstung...*

Sykes erklärte: „Es wäre für alle am besten, wenn es nicht durchsickerte. Die Öffentlichkeit will über sein Privatleben ohnehin nichts wissen, stimmt's? Und seinen Ruf nicht zerstören. Ich meine, Collis Raeburn war für sie fast eine Ikone. Nicht wahr?"

Über die ehrenwerte Öffentlichkeit war Carol ganz anderer Meinung. Die Leute gierten förmlich auf den Kitzel der Skandale, und wenn Australiens Tenor mit der goldenen Stimme Geheimnisse zu verbergen hatte, erachtete die Öffentlichkeit es durchaus für recht und billig, diese Geheimnisse der geschockten Allgemeinheit zu präsentieren.

Der Polizeichef strich sich mit der Fingerspitze über die unverwechselbaren buschigen Augenbrauen. „Carol, wie ist Ihre augenblickliche Arbeitsbelastung?"

„Es geht. Ich werde mich umgehend mit dieser Sache befassen."

„Ich will die Abwicklung rasch, ordentlich und sauber. Und ich werde ein Wort mit Ihrem Chef reden... Ich will, daß Sie mir direkt Bericht erstatten. Wenn es Probleme gibt, will ich das wissen. Ja?" Als sie nickte, fragte er knapp: „Brauchen Sie Sykes?"

„Glaube kaum", antwortete Carol ebenso kurzangebunden.

„Falls doch, ist das kein Problem. Die Ministerin drängt

uns, den Fall sobald wie möglich abzuschließen. Sie werden mit der Familie Raeburn reden müssen, aber warten Sie damit, bis Sie sich ein genaues Bild gemacht haben."

Sykes schüttelte ihr an der Tür noch einmal penetrant die Hand. „Wenn ich Ihnen irgendwie helfen kann, rufen Sie mich an, Kommissarin, jederzeit."

Carol musterte ihn kühl. „Vielen Dank, Mr. Sykes."

„Jederzeit..."

***

Mark Bourke grinste, als sie ihm in seinem spartanischen Büro von dem Gespräch erzählte. „Ich will dir ja nicht zu nahe treten, Carol, aber wenn du auf einen möglichen Suizid angesetzt wirst, werden die Medien garantiert hellhörig. Und genau das wollen sie eigentlich vermeiden, stimmt's? Daß irgendwelche Journalisten zu schnüffeln beginnen."

„Der Polizeichef befiehlt, ich folge."

„Ein weiser Karriereschritt."

„Mark, verkehrt Pat in Opernkreisen?"

Er konnte sich ein nachsichtiges Lächeln nicht verkneifen. „Meine Patricia? Bei ihrer Position in der Kunstgalerie hat sie natürlich auch damit zu tun. Das gehört zu ihrem Job – selbstredend. Brauchst du irgendwelche Informationen?"

„Hintergrundmaterial, Klatsch, alles. Und mich interessieren die Raeburns, Vater und Tochter. Sag Pat, es sei ganz inoffiziell. Ich will nur ihren allgemeinen Eindruck."

Er lehnte sich in den Sessel zurück und verschränkte die Arme hinter dem Kopf. „Plus wer hat was mit wem?"

Sie grinste zurück. „Das natürlich auch." Ihr verging das Lächeln, als sie dachte: *Und sich dabei nichtsahnend infiziert?* Sie sagte: „Bis zu diesem Bluttest hat Raeburn wahrscheinlich nicht geahnt, daß er den HIV-Virus beim Sex weitergeben könnte."

Bourke rieb sich nachdenklich die Stirn. „Sofern er ungeschützten Geschlechtsverkehr hatte..." Er verzog den Mund. „Es sei denn, er hat es gesagt, nachdem er das Testergebnis hatte. Für ein paar Leute gibt das ein ganz böses Erwachen – und wenn wir der Anweisung Folge leisten, können wir noch nicht mal eine vage Andeutung machen."

„Aber Mark", protestierte sie, „wenn er tatsächlich irgendwen infiziert hat, kann diese Person andere anstecken. Schließlich reden wir hier nicht über Herpes – es besteht durchaus die Möglichkeit, daß jemand AIDS bekommt." Sein Blick war unbeeindruckt, und so fuhr sie fort: „Du weißt ja, daß es keine Schwulenkrankheit ist. Gefährdet sind alle."

„Spar dir deine Belehrung", sagte er mit schiefem Lächeln, um seinen Worten die Spitze zu nehmen.

Doch Carol war schlagartig klar, daß er sie zurechtgewiesen hatte. Normalerweise hätte sie ironisch, aber scharf gekontert. Die plötzliche Spannung zwischen ihnen irritierte sie. Sie sagte noch ein paar Belanglosigkeiten, um den gewohnten lockeren Umgangston wiederherzustellen, und ging dann in ihr Büro.

Anne Newsome wartete schon auf sie. „Hier ist das Ergebnis der Autopsie und ein vorläufiger Bericht."

„Haben Sie ihn gelesen?"

„Ja. Ich hab' ihn überflogen."

„Da ich Mark einige noch nicht ganz abgeschlossene Fälle übertragen habe, kann er sich im Moment nicht auch noch um diesen kümmern. Ich brauche Ihre Unterstützung, vor allem bei den Vernehmungen."

Carol entging nicht, daß Anne vor Freude errötete, auch wenn ihr Ton ganz amtlich blieb: „Ich habe hier eine Notiz für Sie."

Fragend runzelte Carol die Stirn, als sie Annes saubere runde Schrift las. „Graeme Welton?"

„Er hat gerade angerufen. Sagte, es sei dringend."

„Ich werde ihn anrufen." Anne wandte sich zum Gehen, und Carol fügte hinzu: „Ich möchte, daß Sie sich Collis Raeburns Finanzen vornehmen, ob er Schulden hatte, und was er mit seinem Geld getan hat. Wenn Sie Hilfe brauchen, wenden Sie sich an Mark."

Als Carol allein war, lehnte sie sich in ihrem Stuhl zurück und betrachtete nachdenklich Graeme Weltons Notiz. Er war ein Komponist der Avantgarde, sehr bekannt und ein talentierter Selbstdarsteller. Sein jüngstes Werk *Der satanische Gesang des Computers*, ein abendfüllendes Oratorium, in dem Gott als Supercomputer dargestellt wurde, war nicht nur der Musikkritik aufgestoßen und hatte religiöse Organisationen in Harnisch gebracht, auch die Computerfachwelt war empört.

Sie drückte die Tasten ihres Telefons. „Mr. Welton? Hier Carol Ashton. Ich sollte zurückrufen."

„Kommissarin. Gut. Ich muß Sie sofort sehen." Er hatte eine hohe näselnde Stimme und einen schnippischen, gereizten Ton. „Es geht um den Selbstmord von Collis. Habe Informationen, die vielleicht interessant für Sie sind." Ohne auf eine Antwort zu warten, fuhr er fort: „Bin heute nachmittag im Konservatorium, lehre dort Komposition. Könnte Sie da gegen drei treffen. Paßt Ihnen das?"

Nachdem er das Gespräch abrupt beendet hatte, grübelte Carol darüber nach. Ihr fiel ein Artikel über eine Oper ein, an der Welton offenbar arbeitete – es hatte irgend etwas mit der nicht besonders aufsehenerregenden Anklage und Verurteilung von Lindy Chamberlain zu tun, die behauptet hatte, ihr Baby sei von einem Wildhund, einem Dingo verschleppt worden. Welton hatte schon vorher speziell für Collis Raeburn komponiert, zum Beispiel das erstaunlich melodische *Republic's Dawning*, das ein steinreicher Gegner der Monarchie in Auftrag gegeben und das Collis am Nationalfeiertag im Januar während des spektakulären Feuerwerks über Sydney vor einem riesigen Fernsehpublikum gesungen hatte. Woher hatte Welton so schnell erfahren, daß sie auf den Fall angesetzt war?

Achselzuckend beugte sie sich über den Autopsiebericht. Die Gerichtsmedizin hatte Collis Raeburn, der fast über Nacht zum internationalen Superstar aufgestiegen war, auf ein Aktenzeichen, die nüchterne Darstellung eines Sachverhalts reduziert. Alles an ihm wirkte schonungslos mittelmäßig: Größe, Gewicht, körperliche Verfassung. Seine außergewöhnliche Gabe, diese wundervolle Stimme, die so viele Menschen bezaubert hatte, verkam unter dem Skalpell des Pathologen zu intakten Stimmbändern und gewaltigem Lungenvolumen. Der Bericht konstatierte lakonisch, daß er ein ausreichendes Quantum Amylbarbital, Pethidin und Alkohol zu sich genommen hatte, um daran zu sterben, doch die tatsächliche Todesursache lautete Tod durch Ersticken, da er, nachdem er das Bewußtsein verloren hatte, an seinem Erbrochenen erstickt war. In seinem Magen befanden sich Reste einer halb verdauten leichten Mahlzeit. Die Todesstunde war nicht exakt zu ermitteln, denn es ließ sich nicht genau feststellen, wann er die Mahlzeit zu sich genommen hatte, außerdem war die Klimaanlage voll aufgedreht gewesen, was auf den Verwesungsprozeß einwirkte. In Anbetracht all dieser Fakten lag nach Meinung des Pathologen die Todeszeit zwischen Samstagabend um neun und Sonntagmorgen um ein Uhr.

Sie blätterte die Fotos vom Tatort durch und konzentrierte sich auf eine Großaufnahme von Raeburns Hand, deren lange, schmale Finger sich leicht auf dem dicken Teppich krümmten. Das umgekippte Glas funkelte im Blitzlicht, eine leichte Whiskyspur war erkennbar, neben der unverkrampften Hand lagen verstreute Tabletten.

Mark Bourke steckte den Kopf durch die Tür. „Carol? Ich hab' was für dich."

„Sieh dir dieses Foto an, Mark. Ich finde, es wirkt gestellt."

„Raeburn war ein theatralischer Typ."

„Du glaubst, er hätte das Glas und die Pillen so arrangiert und es dann geschafft, während er das Bewußtsein verlor, seine Hand noch schnell kunstvoll in Szene zu setzen?"

Bourke setzte sich und streckte seine langen Beine. „Es ist, wie es ist. Nur dein ästhetischer Blick nimmt das Kunstvolle wahr, Carol."

„Und es gefällt mir nicht, daß es keinen Abschiedsbrief gibt."

„Carol, das kommt ja wohl öfter vor."

„Für mein Gefühl stimmt etwas nicht. Du sagst, er sei theatralisch gewesen. Ich glaube, er hätte gern das letzte Wort gehabt."

Bourke lächelte ironisch. „Jedenfalls war kein Brief da, wie bestürzend – also ist er verschwunden? Wäre nicht das erstemal, daß jemand bei Selbstmord die Szene frisiert."

„Die beiden Leute, die ihn gefunden haben, sagten nichts von einem Brief." Sie reichte ihm den vorläufigen Bericht. „Hast du dies gelesen?"

„Ja. Für mich ist das ein klassischer Suizid. Und sehr effizient, nur hat er vergessen, vorbeugend Tabletten gegen Übelkeit zu nehmen, die das Erbrechen verhindern. Die tödliche Kombination von Schlaftabletten, Narkotikum und Alkohol bedeutet, daß er keinen Hilfeschrei inszeniert hat. Es war ihm todernst."

„Es lag ein *Handbuch zur Sterbehilfe* im Zimmer."

Er spreizte die Hände. „Na, da hast du's. Er hatte ein Textbuch, um sich zu vergewissern, daß er es richtig macht." Er grinste tückisch. „Vielleicht ist es 'ne gute Werbung für den Verlag – ein prominenter zufriedener Kunde ist ja immer vorteilhaft fürs Geschäft."

„Es ist allzu adrett. Es gefällt mir nicht."

Er schüttelte den Kopf. „Falls du Mord vermutest, wirst du einen schrecklichen Misthaufen aufwühlen. Er war HIV-positiv. Das allein wird die Medien auf Trab bringen, sobald sie Wind davon kriegen. Und je länger sein Tod eine Schlagzeile ist, desto wahrscheinlicher ist es, daß jemand es rauskriegt. Hast du nicht die Aufgabe, es so schnell wie möglich von der Titelseite zu bringen?"

„Ich bin mir nicht ganz sicher, was meine Aufgabe sein sollte, Mark. Aber eines weiß ich genau, daß irgend etwas dahintersteckt, und ich werde herausfinden, was es ist."

„Du hast da noch ein anderes Problem. Mir ist zu Ohren gekommen, daß Bannister, der Bursche, den du bei der Aufklärung des Falles abgelöst hast, nicht sonderlich beglückt darüber ist. Er sagt, es sei eine politische Intervention."

„Das ist es."

„Ja, wir alle wissen das. Ja, aber er motzt herum, Ich glaube tatsächlich, daß er eine offizielle Beschwerde losläßt."

Ungeduldig warf Carol das Foto hin. „Der Polizeichef hat mich auf die Sache angesetzt, weil die Ministerin ihn darum gebeten hat, was also will Bannister erreichen?"

Bourke lächelte über ihre heftige Reaktion. „Nun beruhige dich, Carol. Nimm's nicht persönlich. Ich an seiner Stelle würde es mir auch nicht gefallen lassen. Ich dachte mir bloß, du solltest wissen, daß Bannister entzückt wäre, wenn er irgend etwas fände, woran er eine echte Beschwerde aufhängen könnte. Sieh dich also vor."

„Willst du mich verarschen?"

Sein Lächeln verging ihm. „Nein, ganz und gar nicht. Bannister ist neu in unserem Bezirk, aber ich hatte im Laufe der Jahre gelegentlich mit ihm zu tun. Er wirbelt Staub auf, und an ihm bleibt nie etwas hängen. Effektiv, ambitioniert und überempfindlich. Wahrscheinlich kann er schlimmstenfalls Unannehmlichkeiten machen, aber es lohnt vielleicht, ihn im Auge zu behalten."

Sie drehte ihren schwarzen Opalring. „Das fehlt mir gerade noch."

Er zog die Braue hoch. „Also, Carol, vergessen wir Bannister, der ist ja bloß eine Irritation. Was ist deine fachliche Ansicht – im Gegensatz zu deinem Instinkt? Ist es nun Selbstmord, Mord oder ein unglückseliger Unfall?"

„Vielleicht Selbstmord – aber ich wurde aus einem bestimmten Grund auf den Fall angesetzt, und ich glaube nicht, daß es nur deswegen ist, weil ich angeblich gut in PR bin."

„Sie wollten eine profiliertere Person als Bannister?"

„Kann sein. Was bedeutet, daß sie es womöglich auf mehr Publicity abgesehen haben, nicht auf weniger. Warum wohl, was glaubst du?"

„Soll ich mal ein bißchen herumschnüffeln?"

„Bitte, Mark. Aber sei diskret."

Er grinste wieder. „Diskretion ist meine zweite Natur."

Als er gegangen war, las sie die Aussagen des Hotelpersonals und betrachtete eingehend die Fotos vom Zimmer. Collis Raeburn wohnte immer im selben Luxushotel am Circular Quay. Er hatte sich eingecheckt und war um halb sechs in sein Zimmer gegangen. Er hatte seine Kleidung ausgepackt und aufgehängt, den Zimmerservice angerufen, das Abendessen bestellt und eine Flasche Wein. Um neun Uhr abends hatte er angerufen, man solle ihm eine große Kanne Kaffee vor die Tür stellen, und die Rezeption angewiesen, ihm keine Anrufe durchzustellen. Der Zimmerkellner, der den Kaffee brachte, erinnerte sich an das Schild BITTE NICHT STÖREN an der Tür. Er klopfte nicht, sondern stellte den Kaffee vor die Tür. Auf verschiedenen Fotos vom Zimmer standen die Silberkanne mit Tasse und Milchkännchen auf einem Beistelltischchen neben den Sesseln am Fenster, von wo man eine wundervolle Aussicht auf den Hafen von Sydney hatte.

Carol breitete die Fotos aus und betrachtete sie noch einmal. *Allzu adrett. Allzu theatralisch. Und es müßte einen Brief geben.*

Die Serie von Schnappschüssen zeigten das Bett und den

Toten aus verschiedenen Blickwinkeln. Collis Raeburn trug Freizeitkleidung: Jeans und einen saloppen Baumwollpullover und Sportschuhe. Der Polizist, der die Sache aufnahm, hatte geschrieben, daß Raeburn seinen Koffer ausgepackt und seine Kleidung ordentlich aufgehängt hatte, aber auf zwei Fotos war eine Krawatte auf dem Teppich zu sehen, am Fuß des Bettes, zerknautscht, als sei sie achtlos hingeworfen worden.

In einer Großaufnahme von Collis Raeburns Gesicht lag seine Wange tief in das weiche Kissen gebettet, die Augen waren geschlossen, der Mund leicht geöffnet. Sie erinnerte sich an sein Gesicht, wie sie es das letztemal lebend gesehen hatte: Es war in einer Fernsehsendung der zierlichen, renommierten Madeline Shipley gewesen, ein Porträt, das sein Leben und seine Karriere beleuchtete, angefangen von ersten Soloauftritten als Junge, wo er im Kirchenchor Sopran gesungen hatte. Bedeutende Menschen in seinem Leben kamen zu Wort. Raeburn hatte einige seiner berühmtesten Arien gesungen, auf seinem Mund lag dieses halbe Lächeln, das seine Gesangslehrerin, eine pragmatische Frau mittleren Alters, vor der Kamera nüchtern beschrieb – als Voraussetzung, um einen klaren vollen Ton zu produzieren. Weit über Opernkreise hinaus bekannt, bezauberte seine weiche, volle, innige Stimme, und die Freude, mit der er sang, erfüllte das abgenudeltste Lied, die bekannteste Arie mit neuem Leben. Er war Anfang dreißig und hatte seine Blütejahre als Tenor vor sich, wenn seine Stimme noch reifer und voller würde, um selbst den anspruchsvollsten Rollen der klassischen Oper zu genügen.

Geistesabwesend nahm Carol beim zweiten Läuten den Hörer auf und meldete sich mechanisch: „Carol Ashton." Dann lehnte sie sich lächelnd zurück. „Liebste, ich komme auch später. Man hat mir den Fall Collis Raeburn angehängt. Wir lassen uns eine Pizza bringen, wenn wir beide zu Hause sind."

Als sie den Hörer auflegte, sah sie Sybil vor sich, die roten Locken, ihre Wangenknochen, das Kinn, ihre Fältchen in den Augenwinkeln, wenn sie lachte. Aber da gab es auch andere Dinge – den ungeduldigen Unterton in Sybils Stimme, die Spannung, die sich in letzter Zeit zwischen ihnen breitmachte, den unterschwelligen Groll, den Carol zu ignorieren versuchte.

Sie zuckte die Achseln. Darüber wollte sie jetzt nicht nachdenken.

2

Der Manager des Fünf-Sterne-Hotels, in dem Raeburn gestorben war, war ein kleiner eleganter Mann mit schmalem Oberlippenbärtchen. Freundlich reserviert bat er Carol und Anne, Platz zu nehmen, dann setzte er sich an seinen Mahagonischreibtisch. „Nun, Kommissarin, wir beide wissen, daß hin und wieder...", er hielt diskret inne, „...ein Gast den fatalen Schritt unternehmen kann..."

„...Selbstmord zu begehen."

Er wirkte erleichtert, daß das Wort gefallen war. „Ja. Selbstverständlich kooperieren wir mit den Behörden, während wir gleichzeitig die Privatsphäre unserer Gäste wahren."

„Was geschieht, wenn jemand hier stirbt?"

„Im allgemeinen rufen wir den Notarzt, um sicherzugehen, daß der Gast wirklich... verschieden ist. Leider ist es schon vorgekommen, daß das Personal voreilig reagiert hat..."

Carol sah, daß Anne sich ein Lächeln verkniff. Unlängst hatte es einen peinlichen Zwischenfall gegeben, als Hotelpersonal einen internationalen Popstar augenscheinlich tot in seiner Suite auffand und ein leitender Angestellter diesen Knüller an die Medien durchsickern ließ. Wie sich herausstellte, befand sich der Gast in einem tiefen Koma infolge von Drogen, aus dem er bald wieder zu sich kam. Aufgrund des Presserummels und der drohenden Schadensersatzklage des Stars hatte die Hotelkette augenblicklich Maßnahmen zur Schadensbegrenzung ergriffen und die betroffenen Angestellten sofort entlassen.

„...und dann natürlich die Polizei und gegebenenfalls die

nächsten Angehörigen. Sie werden verstehen, Kommissarin, daß in einem solchen Moment Diskretion das Wichtigste ist."

„Bitte, schildern Sie mir Schritt für Schritt den Aufenthalt von Collis Raeburn in Ihrem Hotel – bis zum Abtransport des Leichnams."

Der Manager schien protestieren zu wollen, doch Carol kam ihm zuvor: „Mir ist sehr wohl bewußt, daß Sie es bereits zu Protokoll gegeben haben, dennoch möchte ich Sie bitten, es noch einmal zu schildern."

Der Manager unterdrückte ein Seufzen. „Selbstverständlich, Kommissarin, wir kooperieren natürlich mit Ihnen." Er schlug eine geprägte Ledermappe auf und las. „Lassen Sie mich nachsehen. Mr. Raeburn hat sich Samstagnachmittag eingecheckt, er bekam sein übliches Zimmer mit Blick auf die Oper und den Hafen. Er bestellte beim Zimmerservice für halb acht eine Mahlzeit." Er sah auf. „Interessiert es Sie, was er aß?"

„Natürlich."

„Er bestellte nur einen Thunfischsalat und eine Flasche Weißwein. Kein Dessert, nur Kaffee. Ich habe mit dem Zimmerkellner gesprochen, der die Mahlzeit brachte, und er sagte, Mr. Raeburn habe entspannt und fröhlich gewirkt."

„Ja. Wir haben seine Aussage."

Der Manager räusperte sich. „Der letzte Kontakt des Hotels mit Mr. Raeburn fand kurz nach neun Uhr abends statt. Er rief an und bestellte eine Kanne Kaffee und bat, bis auf Widerruf keine Gespräche durchzustellen. Der Zimmerkellner, derselbe, der die Mahlzeit serviert hatte, sah das Schild BITTE NICHT STÖREN an der Türklinke und klopfte deshalb natürlich nicht, sondern stellte das Tablett mit dem Kaffee vor die Tür."

„Wie lange berücksichtigen Sie so ein Bitte-nicht-stören-Schild?"

„Im allgemeinen bis die Zeit, das Zimmer zu räumen,

verstrichen ist, sofern keine Vereinbarung getroffen wurde. Wenn sich auf die Anrufe der Rezeption niemand meldet, trifft der Geschäftsführer die Entscheidung, das Zimmer zu betreten. Bei Mr. Raeburn trifft das aber nicht zu, da er für mehrere Tage gebucht hatte. In diesem Fall haben die Zimmermädchen der Personalchefin berichtet, daß sie das Zimmer nicht saubermachen können. Diese Notiz wurde dem Geschäftsführer unterbreitet, als die Abendschicht ihren Dienst antrat."

„Niemand von Ihren Angestellten hat irgend etwas bemerkt von dem Zeitpunkt an, als Raeburn den Kaffee bestellte – gegen neun?"

„Nichts. Keine Telefonate, weder rein noch raus, es wurde keine Nachricht hinterlassen, und niemand erkundigte sich an der Rezeption nach ihm", erklärte er mit höflichem Bedauern. „Ich fürchte, Mr. Raeburn war sehr daran gelegen, in diesen letzten Stunden nicht gestört zu werden."

„Das Tablett mit dem Thunfischsalat war nicht in seinem Zimmer. Wann ist es abgeholt worden?"

Der Manager zuckte kaum merklich die Achseln. „Wahrscheinlich hat Mr. Raeburn es vor die Tür gestellt. Alle Pagen sind angewiesen, die Tabletts sofort abzuräumen, sobald sie sie sehen."

„Wir wissen, daß das Tablett nicht dort stand, als der Kaffee gebracht wurde."

Auf das Gesicht des Managers trat ein Anflug von Ungeduld. „Womöglich wurde es schon vorher abgeräumt – vielleicht auch erst später. Über diese Dinge wird bei uns nicht Buch geführt."

Während Anne ihren Notizblock umblätterte, sagte Carol: „Jeder Mensch könnte zu seinem Zimmer gegangen sein, ohne sich an der Rezeption anzumelden."

„Ja, natürlich. In der Lobby eines Hotels ist ja immer Betrieb. Aber die Person müßte die Zimmernummer gekannt haben, sonst hätte sie sich an der Rezeption erkundigen müssen, und dort hätte man erklärt, daß Mr. Raeburn nicht gestört zu werden wünschte."

„Und laut Personal hat sich niemand erkundigt."

Er runzelte ein wenig die Stirn. „Das Personal ist sehr zuverlässig und professionell. Wenn es sagt, niemand hat sich erkundigt, dann hat es auch niemand getan."

„Collis Raeburn hatte immer dasselbe Zimmer?" fragte Carol.

„Wenn es möglich war, ja. Wollen Sie es sehen, Kommissarin? Wir haben die Erlaubnis bekommen, das Zimmer zu säubern, aber wir haben es bisher noch nicht vermietet – obwohl es mehrere Anfragen explizit nach dem Sterbezimmer von Mr. Raeburn gab. Einem solchen Ansinnen stattzugeben, entspricht natürlich nicht dem Stil unseres Hauses."

„Gewiß nicht", sagte Carol unverbindlich. „Ich möchte das Zimmer nicht sehen, aber ich wüßte gern nähere Einzelheiten, wie die Leiche entdeckt wurde."

„Die Nachtschicht war bereits im Dienst – sie arbeitet bis zum Morgen und druckt noch die Liste der An- und Abreisenden dieses Tages aus. Die Personalchefin machte sich Sorgen wegen Raeburn und wandte sich an den Geschäftsführer. Im Laufe des Abends riefen sie wiederholt bei ihm an, aber er meldete sich nicht, deshalb beschlossen sie, das Zimmer zu öffnen, schließlich hätte Mr. Raeburn krank geworden sein können."

„Ist Ihr Personal nicht auf den Gedanken gekommen, daß er ausgegangen sein könnte und das Schild zu entfernen vergaß?"

„Mr. Raeburn gab immer seinen Schlüssel an der Rezeption ab – immer. Somit stand fest, daß er noch im Zimmer war. Und wäre er tatsächlich ausgegangen und hätte ausnahmsweise den Schlüssel abzugeben vergessen, wäre es ja nichts Schlimmes gewesen, sein Zimmer zu betreten."

„Das war vierundzwanzig Stunden nach dem letzten Kontakt mit ihm?"

„Ja. Unter anderen Umständen hätten wir wahrscheinlich früher reagiert, doch Mr. Raeburn war Stammgast bei uns und legte Wert darauf, ungestört zu sein. Deshalb hat das Personal gezögert, sein Zimmer zu betreten. Als sein Leichnam entdeckt wurde, haben wir sofort die Polizei verständigt."

„Haben Sie auch seinen Vater oder seine Schwester angerufen?"

„Nein, das haben wir der Polizei überlassen. Selbstredend informierten mich meine Leute sofort, und ich kam gleich, um eventuell auftauchende Probleme mit der Presse zu regeln."

„Gab es welche?"

Der Manager runzelte nachdenklich die Stirn. „Zu diesem Zeitpunkt haben wir die Nachricht geheimgehalten. Aber ein merkwürdiger Anruf erreichte mich doch..."

„Wieso merkwürdig?" fragte Carol hellhörig.

„Eine Fistelstimme. Gab sich als Reporter vom *Sentinel* aus und fragte, ob es wahr sei, daß Collis Raeburn tot in seinem Zimmer aufgefunden wurde."

„Ein Mann oder eine Frau?"

Wieder runzelte er die Stirn. „Ich glaube, es war eine Frau, könnte aber ebensogut ein Mann gewesen sein; jedenfalls meldete die Person sich nur mit Nachnamen."

„Erinnern Sie sich an den Namen?"

Er sah sie irritiert an. „Alle Anrufe, die zu mir durchgestellt werden, werden notiert, besonders zu einem solchen Zeitpunkt." Er schaute in seine Mappe. „Der Name war Oldfield – oder so ähnlich. Die Stimme war nicht sehr klar."

„Wie haben Sie reagiert?"

„Mit der üblichen Phrase: daß wir keine Auskunft über unsere Gäste geben. Daraufhin wurde das Gespräch abgebrochen."

Carol warf Anne einen Blick zu. „Überprüfen Sie den Namen.“ Dann wandte sie sich wieder an den Manager: „Also wollte jemand wissen, ob Collis Raeburn tot war, aber Sie sagten es nicht. Wie wurde die Leiche entfernt?“

Ihre Direktheit fand der Manager offenbar anstößig, und er wand sich. „Wir haben vorübergehend den Gästeaufzug gesperrt, somit mußten sie den Flur umgehen. Dann transportierten wir den Toten mit dem Personalaufzug nach unten zur Lieferantenrampe auf der Rückseite des Hotels.“

„Hätte irgend jemand das sehen können?“

Wieder zuckte er unmerklich die Achseln. „Es geschah sehr diskret in aller Frühe am Montagmorgen, trotzdem hätte es vermutlich jemand von irgendwo aus beobachten können.“ Dann fügte er salbungsvoll hinzu: „Aber ich möchte noch einmal betonen, Kommissarin, daß wir es als unsere Pflicht erachteten, dem toten Mr. Raeburn die gleiche Privatsphäre zu gewähren, wie der lebende sie sich wünschte.“

Carol erkundigte sich, wann die Abendschicht, die mit Raeburn zu tun gehabt hatte, wieder im Dienst sei und nach den Namen. „Assistentin Newsome muß ihnen eventuell noch ein paar Fragen stellen.“

„Selbstverständlich, Kommissarin“, antwortete der Manager mit kaum hörbarem Seufzen.

Als sie auf dem Hotelparkplatz in den Wagen stiegen, sagte Carol zu Anne: „Wenn Sie den Reporter oder die Reporterin beim *Sentinel* überprüfen, denken Sie daran, daß es auch eine freiberufliche Kraft sein könnte, die den Namen der Zeitung benutzte. Und ich möchte, daß Sie bei der Gerichtsmedizin nachfragen, ob sich jemand an dem bewußten Morgen telefonisch nach Raeburn erkundigt hat. Irgendwer wollte unbedingt sicher sein, daß er tatsächlich tot war.“

Anne scherte in die sehr belebte Straße ein und bemerkte: „Sein Tod war ein Schlagzeilenknüller, also muß eine große Jagd eingesetzt haben, sobald etwas durchgesickert war.“

„Aber das ist genau der Punkt, Anne. Der Bericht über den mutmaßlichen Tod des Popstars hat einige Leute den Job gekostet – insofern hat diesmal niemand geplaudert. Das bedeutet, die Person, die den Manager anrief, wußte bereits, daß Raeburn tot war – jedenfalls möglicherweise.“

Anne ließ sich das durch den Kopf gehen. „Vielleicht war Raeburn tatsächlich suizidgefährdet“, sagte sie dann. „Vielleicht hat jemand gewußt, daß er sich in einer tiefen Depression befand. Vielleicht hat jemand aus seinem Freundeskreis sich erkundigt.“

„Ein anonymer Freund, der sich als Reporter ausgab?“

Anne lächelte. „Manche Leute kommen auf die merkwürdigsten Ideen.“

„Raeburns Fingerabdrücke waren überall, wo sie nur sein konnten, aber wenn ich einen Mord als Selbstmord inszenieren würde, würde ich auch dafür sorgen.“

„Aber wie würden Sie ihn dazu kriegen, all die Tabletten zu schlucken?“

„Hier“, sagte Carol, als sie in die Macquarie Street bogen, „ist Ihre kreative Phantasie gefordert. Denken Sie sich einmal aus, wie Sie ihn umbringen würden, Anne, und während Sie das tun, spüren Sie ein verblüffendes Motiv auf.“

Das Musikkonservatorium lag in der Macquarie Street direkt am üppigen Grün des Botanischen Gartens. Ein klotziges weißes Gebäude, wie der Nachbau eines schottischen Schlosses, dessen bizarre Türme etwas Fesselndes hatten.

Carol und Anne wurden am Eingang erwartet. Graeme Welton begrüßte sie kurzangebunden, schüttelte Carol flüchtig die Hand und bedachte Anne mit knappem Nicken. Seine hohe näselnde Stimme paßte so gar nicht zu seiner Statur. Er war ein massiger, stiernackiger Mann mit regelmäßigen Zügen und schütterem grauen Haar, das in die Stirn gekämmt war, offenbar um die beginnende Glatze zu kaschieren.

„Dachte, ich erwarte Sie am Eingang. Sonst finden Sie

mich nie.“ Beim Sprechen betasteten seine Finger die Revers seines weinroten Jacketts, fuhren über sein Gesicht, zupften an seinem Ohrläppchen, strichen übers Haar, dann ließ er die Hand sinken und machte, offenbar unbewußt, ausgefeilte Fingerübungen. Carol bemerkte, wie Anne auf seine Hand starrte, und betrachtete aufmerksam sein Gesicht. Seine Haut war gerötet, er hatte tiefliegende blaue Augen, einen stechenden Blick, einen breiten Mund mit vollen Lippen und ein tiefes Grübchen im Kinn.

„Ich bin ein wenig überrascht“, sagte Carol, „daß Sie wissen, daß mir der Fall übertragen wurde.“

„Hör’ halt das Gras wachsen, Kommissarin.“

Daß er sich nicht überschlagen würde, stand fest. „Können wir irgendwohin gehen, Mr. Welton?“ fragte Carol.

„Ja, sicher. Obwohl es ein Chaos ist. Ein Übungsraum.“

Er ging mit großen Schritten voran durch den Flur. „Hier hinein. Ihre Assistentin wird stehen müssen.“

Der vollgestopfte Übungsraum war tatsächlich ein Chaos, überall Notenstapel, Notenständer und zusammengewürfeltes Mobiliar. Welton schwang sich auf einen hohen Stuhl, Carol setzte sich in den einzigen Ledersessel, ein antiquiertes niedriges Stück, Anne Newsome lehnte sich an die speckige Wand, zückte Notizbuch und Stift.

Er musterte Carol ganz unverblümt und sagte dann: „Tja, Kommissarin, ich bin beeindruckt. Sie sehen tatsächlich noch besser aus als im Fernsehen. Wissen Sie, ich hatte schon immer eine Schwäche für Blondinen mit grünen Augen.“

„Vielen Dank. Also, Sie sagten am Telefon, Sie wüßten etwas über Mr. Raeburns Tod. Wann haben Sie ihn zuletzt gesehen?“

Er reagierte auf ihren brüsken Ton mit einem unerwartet charmanten Lächeln. „Es besteht also keine Hoffnung, Sie mit Komplimenten zu entwaffnen?“

„Wohl kaum.“

„Dann will ich auch nicht darauf bestehen, Kommissarin." Er nahm eine Büroklammer und bog sie auseinander. „Traf Collis Freitagnachmittag. Bei mir zu Hause in Glebe."

Er schien nicht mehr sagen zu wollen. „Nach diesem Gespräch wäre es hilfreich, Sie würden Assistentin Newsome einen detaillierten Bericht geben, wo Sie sich von Freitag bis Montag aufgehalten haben", erklärte Carol.

„Sagen Sie bloß nicht, ich brauche ein Alibi für den Selbstmord von Collis", mokierte er sich und tat entsetzt. „Offen gesagt, ich habe keins." Er warf Anne einen Blick zu. „Notieren Sie, daß ich das Wochenende allein war und gearbeitet habe."

„Notiert", erwiderte Anne mit der Andeutung eines Lächelns.

Er wandte sich wieder an Carol. „Und ersparen Sie sich die Phrase, solche Fragen seien schlichte Routine, Kommissarin. Sie ist abgedroschen."

„Warum kam Mr. Raeburn am Freitag zu Ihnen nach Hause?"

„Wir haben ein Werk besprochen, an dem ich arbeite."

„*Dingo*?"

„Respekt! Sie haben Ihre Hausaufgaben gemacht."

Sie ignorierte seinen amüsierten Ton. „Wie ich gehört habe, gab es eine Auseinandersetzung über Ihre neue Oper. Mr. Raeburn wollte im Grunde darin nicht singen."

Welton zuckte lässig die Achseln. „Das kommt davon, wenn man auf Gerüchte hört, Kommissarin. Sie kriegen die Sache nicht richtig mit. Es stimmt, daß Collis am Anfang Bedenken hatte, aber die sind alle ausgeräumt, was man Ihnen auch immer sagt, es gab keine momentanen Probleme. Er hat sich verpflichtet, die männliche Hauptrolle zu singen, und war damit höchst zufrieden."

„War Collis Raeburn nicht nur Ihr Kollege, sondern ein Freund?" fragte Carol.

„Ja. Ein guter Freund. Wir hatten sehr viel gemeinsam." Dann fuhr er nachdenklich fort: „Musik natürlich. Ich habe sehr vieles auf Collis zugeschrieben. Aber wir beide hatten auch ein Faible für andere Dinge – Cricket, Surfen, französische Küche..."

„Sie sagten am Telefon, Sie hätten etwas Interessantes für mich."

„Heißt das, diese Betrachtungen sind nicht interessant für Sie? Oder haben Sie vielleicht heute nachmittag eine andere wichtige Vernehmung?" Als Carol ihm nicht darauf antwortete, lenkte er ein: „Entschuldigen Sie. Collis Tod hat mich sehr mitgenommen. Was ich Ihnen sagen wollte, betrifft Edward Livingston. Wissen Sie, wer das ist?"

Carol fixierte ihn. „Es wäre schwierig, das nicht zu wissen, bei all den Spektakeln, die er inszeniert. Zufällig habe auch ich – als eine von Millionen – im Fernsehen die Übertragung von *Nabucco* aus dem Stadion gesehen mit dem gigantischen Bühnenbild von Jerusalem, den hängenden Gärten von Babylon und diesem Massenaufmarsch an Darstellern."

Livingston war der umstrittene Intendant der Eureka Oper. Ein Engländer, der bei der Besetzung der Position einige qualifizierte Australier ausgestochen hatte, und da er sich bestens in Szene zu setzen vermochte, war sein Namen selbst Leuten bekannt, die sich nicht für die Oper interessierten.

Seine Aufführungen waren nicht zu übersehen. Entweder waren sie als großes Freilichtspektakel inszeniert oder auf schockierende Weise modernisiert. Erst vor ein paar Monaten hatte sich Carol über die aufgeregten Kritiken von *Madame Butterfly* amüsiert. In dieser Neuinszenierung hatte er die Liebesgeschichte zwischen einer japanischen Geisha und einem amerikanischen Marineoffizier zu einer Beziehung zwischen einem Callgirl und einem Außerirdischen abgewandelt. Es war eine Gemeinschaftsübertragung von Rundfunk und Fernsehen gewesen, in deren Verlauf die anfangs enorm hohen Einschaltquoten allmählich ins Bodenlose fielen. Collis Raeburn sang darin den Außerirdischen, einen Part, den er zwar sauber gesungen, in dessen Rolle er aber nicht ganz überzeugt hatte; Madame Butterfly wurde von Alanna Brooks gesungen, der Primadonna der Eureka Oper.

„Er hat Collis zum Selbstmord getrieben."

Er erwartete eine Reaktion auf seine Erklärung. Schließlich sah Anne von ihrem Notibuch auf, und er sagte zu ihr. „Das klingt vielleicht allzu dramatisch, aber es stimmt. Er hat ihn verfolgt und einfach nicht in Ruhe gelassen."

„Weswegen?" fragte Carol.

Welton trommelte auf einen wackligen Notenständer. „Wegen allem und jedem. Seinen Pinkerton in *Madame Butterfly* fand er enttäuschend. Sagte, er sei ihm nicht gewachsen gewesen. Collis war immer voller Selbstzweifel, egal wie erfolgreich er war. Er brauchte keine Kritik – er brauchte Bestärkung und Bestätigung, Vertrauen, Optimismus. Livingston war gar nicht gut für ihn. Er hat ihn schrecklich runtergezogen."

„Ihnen muß bewußt sein, daß es womöglich Selbstmord ist." Carol wartete, bis er zustimmend nickte. „Somit deuten Sie an, Mr. Livingstons Art hätte letztlich Collis Raeburn dazu getrieben, sich umzubringen?"

„Nein, nein. Natürlich nicht. Aber er hat sein Teil dazu getan. Glauben Sie mir." Er strich sich übers Haar, nestelte an seinem Kragen. „Nie hat Livingston ihn in Ruhe gelassen. Ständig hatte er was zu kritteln. Er war wirklich destruktiv."

„Inwiefern?"

„Inwiefern? Der Mann kann gar nicht anders. Immer muß er alle runtermachen, die besser sind als er. Er war eifersüchtig auf Collis. Auf seinen Ruhm, wenn Sie wollen."

„Aber Livingstons Erfolg hing doch wohl von der Begabung seiner Künstlerinnen und Künstler ab. Ist es nicht für ihn von Vorteil, wenn sie berühmt sind?"

Welton hieb seine Faust in die Handfläche. „Für ihn war das zweitrangig. Alles ist für ihn zweitrangig. Die Künstler, die Musik, das Ganze. An erster Stelle muß immer er stehen. Immer er."

Bitterkeit hing in der Luft. Carol wartete ab. Doch er sagte nichts mehr. „Haben Sie einen persönlichen Groll auf Edward Livingston?" fragte sie dann.

Er lachte verächtlich. „Wer hat das nicht?"

***

Carol hatte sich schließlich entschlossen, Sykes die Öffentlichkeitsarbeit zu überlassen. Sollte er sehen, wie er mit den Anrufen der Presse klarkam. Als jetzt das Telefon läutete, nahm sie rasch ab in der Erwartung, es sei Sybil.

„Mami?"

„David! Was für eine nette Überraschung." Sie merkte selbst, daß ihre Stimme einen ungewohnt weichen Ton bekam. „Aus welchem Grund rufst du mich im Büro an, Schatz?"

„Das nächste Wochenende... Daddy möchte mit dir sprechen."

Stirnrunzelnd hörte sie das Gemurmel am anderen Ende der Leitung, dann reichte ihr Sohn den Hörer an Justin Hart.

„Carol? Wie geht es dir?" Die laute selbstsichere Stimme ihres Exmannes entsprach genau seiner Person. Ohne eine Antwort abzuwarten, fuhr er fort: „Hör mal, es tut mir leid, daß ich so kurzfristig mit der Tür ins Haus falle, aber ich möchte dich um einen Gefallen bitten. Ich fliege nach Melbourne zu einem Juristenkongreß am kommenden Wochenende bis Dienstag, und im letzten Moment sieht es so aus, als ob Eleanor mitkommen kann. Deshalb wollte ich fragen, ob du David solange nehmen kannst. Wenn es nicht geht, sag es einfach. Ich weiß, daß du an dem Raeburn-Fall sitzt – hab' das Interview im Fernsehen gesehen."

„Aber gern, kein Problem. Tante Sarah kommt Samstag für eine Woche von den Blue Mountains herunter und wohnt bei uns. Somit paßt es ganz gut."

„Fein", sagte er erfreut. „Dann bring' ich dir David am Samstagmorgen. Ja?"

Carol freute sich sehr, ihren Sohn ein paar Tage bei sich zu haben. „Wenn du willst, kann ich ihn bei dir abholen."

„Nicht nötig, Carol. Auf dem Weg zum Flughafen kommen wir ja praktisch bei dir vorbei, das macht keine Umstände. Warte mal einen Moment..." Sie hörte, wie er zu David sagte: „Geh und sag Eleanor, mit Carol ist alles klar." Dann sagte er mit gedämpfter Stimme ins Telefon: „Wir müssen unbedingt mal reden, möglichst bald."

Sie atmete tief durch, sie ahnte, worauf er hinauswollte. „Worüber?"

„Über dich. Er muß es wissen, Carol. Und du bist es, die es ihm sagen muß."

Sie schloß die Augen. „Nun gut, Justin. Reden wir, wenn du zurück bist."

„Prima. Und danke für deine Hilfe. Bis Samstag also."

Noch bevor sie ihn bitten konnte, David noch einmal zu sprechen, hatte er aufgelegt. Sie starrte aufs Telefon. Was konnte sie ihrem zehnjährigen Sohn sagen, so daß er es verstand?

***

Carol packte gerade ihren Aktenkoffer, um endlich nach Hause zu fahren, als Anne Newsome in ihr Büro kam. „Niemand mit Namen Oldfield arbeitet für den *Sentinel*, weder fest noch frei. Was dem Namen am nächsten kommt, wäre Oakley oder Bradfield, nur haben beide nichts mit der Raeburngeschichte zu tun."

„Und die Gerichtsmedizin?"

„Aus den Leuten konnte ich nichts herauskriegen. Da sie aber prinzipiell der Presse keine Auskunft geben, wundert es mich nicht, daß sich niemand an den Anruf einer Person namens Oldfield erinnert."

Carol schloß ihren Aktenkoffer. „Sicher hat irgendein Reporter oder eine Reporterin ein gutes Verhältnis zu jemand aus der Pathologie – wie die Dinge so sind. Sollten Sie eine freie Minute haben, gehen Sie der Sache nach, doch es eilt nicht, okay?"

Während sie über die Harbour Bridge fuhr, entspannte sie sich und schaltete ab. Auf einmal stieg eine Überzeugung in ihr hoch, und es gab ihr einen Stich vor Erregung, als wittere sie das Wild. Ihr Jagdfieber war erwacht. *Jemand hat dich umgebracht. Kaltblütig und vorsätzlich. Und ich werde herausfinden, wer...*

3

Beim Frühstück reichte ihr Sybil eine steife rechteckige Karte. „Ich habe gestern abend ganz vergessen, dir das zu zeigen. Es war an uns beide adressiert. Also hab' ich es geöffnet."

Die Einladung zur Hochzeit von Patricia James und Markus Bourke am Balmoral Beach mit anschließender Feier im Restaurant Bathers Pavillon, dortselbst, war an Carol Ashton und Sybil Quade gemeinsam gerichtet. Carol lächelte über „Markus" und wunderte sich, daß Mark das zugelassen hatte.

„Carol, gehen wir hin?"

Setz mich nicht unter Druck. Carols Blick glitt an Sybils vertrauter, schlanker Gestalt empor, verharrte bei den Sommersprossen auf ihrer Nase, sah in das offene Gesicht, in die klaren, fragenden Augen, und plötzlich war sie wütend. „Mark ist mein Freund. Er würde es nicht verstehen, wenn ich nicht käme."

„Das habe ich nicht gemeint. Wir wurden gemeinsam eingeladen."

Carol schnippte die Karte auf die Küchenbank. „Pat weiß, daß wir im selben Haus leben. Es wäre ja dumm gewesen, zwei Einladungen zu schicken."

„Carol..."

Carol schlug mit dem Handrücken auf die Banklehne. „Was mich betrifft", sagte sie, „werden wir nicht gemeinsam hingehen – wir gehen zur gleichen Zeit."

„Warum?"

„Du weißt, warum. Kollegen und Chefs werden dort sein. Schließlich und endlich ist es eine Polizistenhochzeit."

„Und da kannst du nicht mit mir gesehen werden."

„Nicht so wie du es möchtest. Ich kann es nicht tun, Sybil. Gäbe ich mich offen als Lesbe zu erkennen, könnte ich meine Karriere begraben."

Jetzt wurde Sybil genauso wütend wie Carol. „Was glaubst du eigentlich, was ich dort täte, he? Daß ich in lila Latzhose aufkreuze und T-Shirt mit Aufschrift *Lesbennation?* Daß ich mich an jeder Frau dort vergreife? Oder auf einem Transparent vor mir hertrage, daß wir ein Liebespaar sind?"

„Hör auf, mich zu manipulieren!"

„Dich manipulieren? Ich wüßte ja nicht mal, wie ich das anfangen sollte. Du bist vollkommen zu, Carol. Du würdest mir gar nicht mal zuhören, stimmt's?"

„Jetzt mach mal 'nen Punkt!"

Sybil schwieg eine Weile, dann sagte sie ruhig: „Dies ist wirklich zu wichtig, um sich anzukeifen. Wir sollten in Ruhe darüber reden."

„Nein."

„Nein?"

„Ich hab's satt zu reden. Du kennst die Situation, was meine Arbeit angeht. Außerhalb davon, meinetwegen. Aber diese Hochzeit ist *Arbeit*, Sybil."

„Und damit hat sich's?"

„Damit hat sich's", hörte Carol sich kalt und endgültig sagen.

***

„Mord?" wiederholte der Polizeichef mit tief gerunzelter Stirn. „Ich habe den Zwischenbericht von Bannister gelesen. Wo Sie dieses Szenario herhaben, sehe ich nicht, und ich will keinesfalls, daß Sie nachher in der Pressekonferenz etwas davon verlauten lassen."

Der Polizeichef hatte ihr keinen Stuhl angeboten. Carol

schob die Hände in die Taschen ihres marineblauen Blazers. „Ich dachte, Sie sollten wissen, daß ich es für möglich halte."

Er grunzte und fixierte sie nüchtern. „Nächste Woche findet das Staatsbegräbnis von Raeburn statt. Werden Sie die Freigabe des Leichnams verzögern?"

„Das wird nicht nötig sein."

„Ein Verbrechen wird die Dinge verkomplizieren."

„Ja, ich weiß."

Er lächelte knapp. „Hab' die Ministerin ja gewarnt, daß Sie's auf Ihre Art handhaben werden. Ich habe ihr gesagt, wenn sie eine willfährige Person wolle, gäbe es sicher eine bessere Wahl." Er stand auf, um anzudeuten, daß das Gespräch beendet war. „Tun Sie, was Sie müssen, Carol, aber halten Sie mich über jeden Schritt auf dem Laufenden. Ich liebe keine Überraschungen."

„Da ist noch etwas..."

„Was Wichtiges?"

„Ja. Collis Raeburn war HIV-positiv. Sollte sich bei einer Vernehmung herausstellen, daß diese Person ungeschützten Geschlechtsverkehr..."

„Sie sagen kein Wort", fuhr er ihr in die Parade. „Die Sache ist unter Verschluß – vorläufig zumindest."

„Was ist, wenn jemand unwissentlich eine andere Person infiziert?" fragte Carol in unverhohlenem Zorn.

„Nun gut, ich sehe Ihren Standpunkt. Sie können das Gesundheitsamt verständigen, damit es die Person selbst informiert, wenn nötig. Ich will nicht, daß AIDS oder HIV mit dieser Untersuchung in irgendeiner Weise verknüpft werden, also werden weder Sie noch jemand aus Ihrem Team irgendeine Person warnen. Ist das klar?"

Sie war schon an der Tür, als er hinzufügte: „Dann sehe ich Sie nachher bei der Pressekonferenz... Und, Carol, ich bin gewillt, Ihnen bei diesem Fall Rückendeckung zu geben, aber seien Sie auf der Hut. Es geht hier um Politik."

***

Simon Sykes schwirrte besorgt um Carol und den Polizeichef herum, während die Mikrophone aufgebaut wurden. „Ich möchte Ihnen ja nicht zu nahe treten, Carol, aber dies ist eine heikle Situation, und die Ministerin wird sicherlich zuschauen..."

Carol starrte ihn mit dem kältesten Blick an, den sie aufbieten konnte, und sagte: „Verschwinden Sie." Er zog ab.

Unter dem warmen Scheinwerferlicht des Fernsehens und dem Klicken der Pressefotografen zog Carol ihre Sache durch. Ja, sie sei mit der Untersuchung des Todes von Collis Raeburn betraut. Nein, zu Einzelheiten könne sie sich noch nicht äußern, da der Fall neu für sie sei. Daß sie Inspektor Bannister abgelöst habe, sei eine administrative Entscheidung gewesen und läge außerhalb ihrer Zuständigkeit. Nein, über die Möglichkeit eines Suizids könne sie noch nichts sagen – ihr Team führe eine vollständige Untersuchung durch.

Sie parierte Fragen über die Reaktion der Familie Raeburn auf die Tragödie; ob sie ein Opernfan sei; ob hier ein falsches Spiel betrieben worden sein könne; ob Collis Raeburn einen Abschiedsbrief hinterlassen habe; ob Rivalität in der Opernwelt bei seinem Tod eine Rolle gespielt habe; ob das Gerücht stimme, er habe Kehlkopfkrebs gehabt und seine Karriere sei praktisch zu Ende gewesen; ob sie sich persönlich schon eine Meinung über seinen Tod gebildet oder auch nur eine Ahnung habe...

Nach der Pressekonferenz zollte der Polizeichef ihr ein zynisches Lob: „Reife Leistung, Kommissarin Ashton", sagte er. „Sie haben sie mit Ihrem Charme eingewickelt, aber nichts rausgelassen."

***

Anne Newsome steuerte den Wagen geschickt durch den Stadtverkehr zum Anwesen der Raeburns nach Galston. Carol saß neben ihr. Sobald sie die Vorortbezirke im Norden erreicht hatten, wurde ihr die bereits entfaltete Frühlingspracht erst richtig bewußt. Sie betrachtete das frische leuchtende Grün der Vorgärten und fühlte sich plötzlich aufgekratzt.

Sie sah die junge Assistentin an. „Anne, Sie haben doch das gesamte Material über Raeburns Tod durchgesehen, nicht wahr?"

„Ja." Anne grinste. „Ich weiß nicht warum, aber ich habe das Gefühl, Sie wollen mich etwas fragen, das ich nicht beantworten kann."

„Beschreiben Sie die möglichen Szenarien seines Todes."

Den Blick auf die Straße geheftet, erklärte Anne: „Sein Tod sieht nach Selbstmord aus, und wäre Mr. Raeburn nicht so prominent gewesen, hätte es wohl niemand in Zweifel gezogen, glaube ich."

Carol lehnte sich entspannt zurück. Sie empfand ein Vergnügen wie eine Lehrerin angesichts einer vielversprechenden Schülerin. „Fahren Sie fort."

„Nun gut. Er kommt dahinter, daß er HIV-positiv ist, und damit wird er nicht fertig. Übrigens hat er nie eine feste Beziehung gehabt, somit wäre es möglich, daß er sich isoliert und allein gefühlt hat. Er beschließt sich umzubringen. Überall ist ihm die Werbung für das *Handbuch zur Sterbehilfe* ins Auge gefallen, also kauft er sich das Buch. Er stellt fest, daß er die nötigen Tabletten bereits hat, packt sie in seinen Koffer, besorgt sich eine Flasche Whisky und mietet sich in sein übliches Hotel ein. Er nimmt seine letzte Mahlzeit zu sich, bestellt den Kaffee, verbittet sich alle Telefonate und hängt das Schild BITTE NICHT STÖREN an die Tür. Er schluckt eine Handvoll Tabletten, spült sie mit Whisky hinunter und fällt bewußtlos aufs Bett. Bevor er noch an der Kombination Tabletten plus Alkohol sterben kann, übergibt er sich im

Zustand der Bewußtlosigkeit und erstickt daran. Er hat nichts davon gespürt, und das Ergebnis ist dasselbe. Er ist tot."

Carol wartete, bis Anne einen Holztransporter überholt hatte, dann fragte sie: „Warum hat er keinen Brief hinterlassen?"

Anne überlegte. „Ich weiß nicht genau, aber manche Leute, die Selbstmord begehen, hinterlassen keinen Abschiedsbrief. Vielleicht wollte oder konnte er nicht, oder vielleicht brauchte er so eine Rechtfertigung nicht." Dann kam ihr ein einleuchtender Gedanke. „Ich weiß. Er hat sich seinetwegen umgebracht, wenn Sie wissen, was ich meine. Er wollte sich weder an irgendwem rächen noch jemandem Schuldgefühle bereiten – also sah er keinen Grund, einen Brief zu hinterlassen."

„Interessanter Gedanke", sagte Carol, amüsiert über Annes Zufriedenheit mit ihrer Hypothese. „Und was ist, wenn es tatsächlich ein Unfall war, wie Raeburns Vater und Schwester behaupten?"

Spontan erklärte Anne: „Das wäre wohl das bestmögliche Szenario für die meisten Leute. Rein zufällig oder aus Gewohnheit packt Raeburn seine Schlaf- und Schmerztabletten in sein Hotelgepäck. Er hängt ein bißchen durch, also kauft er sich eine Flasche Whisky, um seinen Kummer zu ertränken. Er will seine Ruhe haben, deshalb verbittet er sich jeden Anruf und sorgt dafür, daß niemand an seine Tür klopfen wird. Sein Rücken schmerzt, er will ordentlich durchschlafen, also nimmt er ein paar Tabletten. Aber er trinkt schon die ganze Zeit, erst Wein zum Abendessen, dann Whisky, deshalb ist er nicht mehr ganz klar. Vielleicht nickt er ein und wacht wieder auf. Er kann sich nicht mehr erinnern, was er eingenommen hat, und so nimmt er noch ein paar Tabletten. Unglücklicherweise ist die Kombination fatal, und er stirbt – wie gehabt."

„Warum hat er den Fernseher an, in solcher Lautstärke?"

Anne warf ihr einen Seitenblick zu. „Ich verstehe nicht ganz. Warum nicht?"

„Sie sagen, er ist müde und will schlafen. Warum also diese Lautstärke? Wieso ist er überhaupt an?"

Die Abzweigung nach Galston war ausgeschildert. Anne bremste scharf und bog ab. „Entschuldigung", sagte sie verlegen, „ich wußte nicht, daß wir schon so nah sind."

Du erinnerst mich so an mich selbst in deinem Alter... Da wollte ich auch immer Eindruck schinden, indem ich alles richtig mache. „Der Fernseher?" hakte Carol nach.

„Vielleicht wollte er ihn abstellen, kam aber nicht mehr dazu."

Sie fuhren jetzt an einer einsamen Ladenreihe vorbei, die an eine Koppel grenzte. „Wie steht's mit einer dritten Möglichkeit?" fragte Carol.

„Ja. Mord."

„Sie klingen ja fast zufrieden bei dieser Vorstellung."

Anne sah sie kurz an. „Ich bin nicht zufrieden, doch wenn es Mord ist, ist die Person sehr klug..."

„Schlau eingefädelt, meinen Sie?"

Anne nickte. „Ich habe mir vorgestellt, wie ich es machen würde..."

„Und wie?"

„Also gut. Zuerst brauche ich mal ein Motiv, das stark genug ist, so daß ich ihn umbringen will. Eine Weile nachdem er sein Essen bekommen hat, gehe ich geradewegs zu seinem Zimmer. Ich erkundige mich nicht an der Rezeption, denn ich kenne die Nummer. Er läßt mich ein. Entweder weiß ich, daß er die Schlaf- und Schmerztabletten bei sich hat, oder ich habe sie mitgebracht. Eventuell auch die Flasche Whisky. Wir unterhalten uns, er bestellt die Kanne Kaffee. Irgendwie bringe ich ihn dazu, die Tabletten zu nehmen. Er ist betrunken und weiß nicht mehr, was er tut. Ich gebe ihm noch ein paar Tabletten. Als er das Bewußtsein verliert, drehe ich den Fernseher laut und gehe. Im Laufe der nächsten Stunden stirbt er, und ich bin vom Tatort weit entfernt."

Sie bremste und bog in den schmalen Seitenweg, der ausgeschildert war: Raeburn – Privatweg, Durchfahrt verboten.

„Wie können Sie sicher sein, daß er sterben wird?" fragte Carol.

Anne biß sich auf die Lippen. „O Gott. Stellen Sie sich vor, Sie bleiben im Zimmer und warten... Das könnte ich nicht."

„Vielleicht doch, wenn Sie ihn stark genug hassen."

Das Haus der Raeburns – von einem mehrere Hektar großen Landbesitz umgeben – war ein zweistöckiges Gebäude aus rotem Klinker ohne jeden Charakter oder Stil. Es stand kahl inmitten einer gemähten Wiese, auf der nur ein paar dürre Büsche vor sich hin kümmerten.

„Es sieht aus, als hätte man es aus einem stockkonservativen Vorort einfach hier mitten auf eine Wiese verpflanzt", sagte Anne.

Während sie zur Haustür gingen, stimmte Carol ihr zu, daß dieser Klinkerbau hier völlig deplaziert wirkte.

Die Haushälterin der Raeburns, Martha, war behäbig wie ein Faß. „Kommissarin Ashton", sagte sie streng, als sie die Tür öffnete, „ich bin Martha Brownlye, die Haushälterin. Sie sehen genauso aus wie im Fernsehen." Noch ehe Carol antworten konnte, fuhr sie fort: „Die Familie ist sehr froh, daß Sie die Sache in die Hand genommen haben. Und ich natürlich auch. Ich bin seit über fünfundzwanzig Jahren bei den Raeburns, seit kurz vor dem Tod von Mrs. Raeburn."

Carol murmelte eine höfliche Floskel und fragte sich amüsiert, ob die Frau ihr wohl gleich einen gedruckten Lebenslauf samt Referenzen präsentierte. Während sie ins Haus geführt wurden, sagte Carol: „Ms Brownlye, ehe wir gehen, möchte ich noch mit Ihnen sprechen. Wäre das möglich?"

Martha nickte offensichtlich geschmeichelt, dann fuhr sie in ihrem Monolog fort: „Und die Tragödie hat die Familie zerbrochen. Es wird nie mehr so sein wie zuvor. Ich weiß zum Beispiel gar nicht, was aus diesem Haus werden soll. Es wurde als Rückzug für Collis gebaut, wissen Sie. Es liegt wirklich ein bißchen zu weit ab von der Stadt, aber es war für ihn wichtig, aus dem Streß eine Weile herauszukommen. Natürlich gibt es hier einen Übungsraum, und seine Gesangslehrerin kam regelmäßig hierher..."

Sie verstummte abrupt, als ein Mann am Ende des Flurs auftauchte. „Vielen Dank, Martha", sagte er leise, doch so bestimmt, daß sie augenblicklich verschwand.

Kenneth Raeburn erinnerte Carol an einen Kampfhahn. Er war kleiner als sie und trug einen schwarzen Anzug mit burgunderroter Fliege. Er stand sehr gerade mit trotzig vorgerecktem Kinn und gestreckten Schultern, die Arme leicht angewinkelt und eng am Körper. Carol hatte das Gefühl, als trüge er Blockabsätze und stünde eher auf Zehenspitzen. Sein eisgraues Haar war noch dicht – und onduliert, dachte sie flüchtig. Sein hohlwangiges Gesicht hatte etwas Asketisches, die tiefliegenden Augen waren unter wulstigen Brauen verborgen, und seine Nase schien schon einiges mitgemacht zu haben. Carol vermutete, daß er vielleicht Boxer gewesen war, der den Mangel an Körpergröße durch Angriffslust kompensierte.

Er schüttelte Carol und Anne mit ernstem Gesicht die Hand, dann führte er sie in ein Empfangszimmer. Das Mobiliar wirkte genauso deplaziert wie das Haus. Die kühlen Linien und das leuchtende Grün der schwedischen Sitzecke mit niedrigem Couchtisch paßten weder zu den Vorhängen im Regencystil noch zu der geprägten Tapete oder dem geblümten Teppich. Eine schwere Standuhr aus Rosenholz stand in der Ecke.

Anne Newsome setzte sich ans Ende der Couch, Raeburn

ließ sich Carol gegenüber nieder. „Möchten Sie Kaffee? Tee?"

„Nein, vielen Dank."

„Kommissarin Ashton", sagte er langsam. Seine Stimme war so irritierend leise, daß Carol sich bezwingen mußte, sich nicht vorzubeugen, damit sie ihn besser verstand. Er machte eine Kunstpause, um sich ihrer vollen Aufmerksamkeit zu versichern. Anne schlug ihren Notizblock auf und sah ihn erwartungsvoll an.

„Man sagte mir, Sie seien die Beste, die der Polizeichef mir bieten kann."

Du bist ein Kontrolleur, dachte Carol.

Raeburn sah sie scharf an. Fast im Flüsterton sagte er: „Collis starb infolge eines schrecklichen Unfalls. Er nahm Schmerztabletten und Schlafmittel – er hatte ständig Rückenschmerzen, ich vermute, Sie wissen das –, er war benommen, nahm zu viele und trank zuviel Whisky."

Verglichen mit seinem Flüstern klang Carols Stimme sehr laut. „Ich bearbeite den Bericht für den Untersuchungsrichter, und ich muß Ihnen sagen, daß die Beweislage die Möglichkeit eines Selbstmords nicht ausschließt."

„Nein." Seine leise Stimme war ohne Nachdruck, aber sehr sicher. „Ein Selbstmord ist unmöglich. Völlig unmöglich."

„Wohnte er immer in einem Hotel in der Stadt, wenn er Proben oder Aufführungen hatte?"

„Immer. Collis fand es zu lästig, hin- und herzufahren, daran war also nichts ungewöhnlich, Kommissarin."

„Ihr Sohn rief abends um neun die Rezeption an und verbat sich ausdrücklich jeden Anruf, er wollte keinesfalls gestört werden."

„So? Das bedeutet nur, er wollte seine Ruhe haben."

„Sie waren hier? Er hat Sie nicht angerufen?"

Ein schmerzlicher Zug trat auf Raeburns Gesicht. „Ich war meistens hier, aber Collis hat nicht angerufen."

„Im Zimmer lag ein Buch, das *Handbuch zur Sterbehilfe*."

„Ja?“ Er schnalzte irritiert die Zunge. „Offenbar hat alle Welt sich das Buch gekauft. Die Handford-Klage hat dafür gesorgt. Auch Collis interessierte sich für den Fall.“

Er meinte einen aufsehenerregenden Fall, der gegenwärtig verhandelt wurde. Ein Universitätsdozent, bei dem Alzheimer im Frühstadium diagnostiziert worden war, hatte sich mit Hilfe einer Anleitung in diesem Buch umgebracht – mit Tranquillisern und einer Plastiktüte über dem Kopf. Die Familie Handford hatte den Verlag und den Autor verklagt – allein das *Handbuch zur Sterbehilfe* sei verantwortlich für den Tod ihres geliebten Familienmitglieds.

Zum erstenmal fixierte Raeburn nicht Carol, sondern Anne, die eifrig mitschrieb, dann stieß er hervor: „Kommissarin, Sie haben Mord nicht erwähnt. Ich glaube zwar nicht einen Moment daran, daß Collis ermordet wurde, aber haben Sie das in Erwägung gezogen?“

„Das ist nicht ausgeschlossen“, sagte Carol hellhörig.

„Ich kann mir keinen Menschen vorstellen, der Collis hätte nach dem Leben trachten wollen. Er wurde verehrt und geliebt. Sein Tod ist ein schwerer Schlag, nicht nur für Nicole und mich, sondern für alle, die seine Stimme schätzten.“

Das klingt ja wie einstudiert. „Dennoch gibt es Menschen, die einen Groll auf Ihren Sohn hatten.“

„Tatsächlich?“ Seine Stimme wurde plötzlich lauter. „Wenn das so ist, nehme ich an, Sie meinen Welton und Livingston.“

„Wieso sagen Sie das?“

Er runzelte ungeduldig die Stirn. „Ich gehe davon aus, daß Sie gründliche Arbeit leisten, Kommissarin. Dann wissen Sie ja wohl, daß Graeme Welton eine Oper geschrieben hat, die garantiert ein totales Fiasko wird.“ Er verzog den Mundwinkel. „*Dingo* heißt sie, glaube ich“, sagte er verächtlich. „Sie wurde speziell auf Collis und Alanna Brooks zugeschrieben, und die beiden waren so unvorsichtig, sich für die Premiere zu verpflichten. Ich kann Ihnen versichern, daß beide es bedauert haben, als sie die Qualität oder besser den Mangel an Qualität realisierten."

Das war Carols Stichwort, ein paar interessante Dinge zur Sprache zu bringen, auf die Anne bei ihrer Recherche gestoßen war: Sie betrafen das komplizierte Geflecht der Raeburn-Finanzen. Sie sagte: „Und Sie waren auch betroffen."

„Wie?"

„Man hat mich informiert, daß Sie in diese Oper investiert haben. War das in eigenem Namen?"

„Ich war Collis' Manager", erklärte er stirnrunzelnd. „Ich habe mich um die Finanzen gekümmert – Investments, Immobilien, sämtliche Anlagen. Es war völlig normal, Geld in ein Projekt zu investieren, in dem er singen würde."

Es war ihr fast eine Freude, ihn aufzustacheln. „Sie sagten soeben, Sie hätten die Oper für ein Fiasko gehalten. Meinen Sie das in künstlerischer oder finanzieller Hinsicht?"

Er rutschte ungeduldig auf dem Sessel. „Beides. Und ich verhehle nicht, daß ich es diesmal falsch eingeschätzt habe, aber ich habe das Geld investiert, noch bevor ich merkte, was für eine Pleite *Dingo* werden würde."

„Rechnen Sie damit, daß Ihre ganze Investition verloren ist?"

„Durchaus möglich. Ich kann das Geld nicht herauskriegen, weil Weltons Anwälte es festgelegt haben."

„War Ihr Sohn sehr verärgert deswegen?"

Raeburn zog seinen Kopf ein, und auf einmal war seine Stimme kaum noch wahrnehmbar: „Ich bezweifle, daß er wußte, daß wir darin Geld investiert hatten. Die finanziellen Dinge haben Collis nie interessiert. Die Einzelheiten haben ihn eher gelangweilt. Deshalb habe ich ja die Finanzen in die Hand genommen, und Nicole hat sich um die Buchhaltung, Gastspielarrangements und so weiter gekümmert."

„Teilte er Ihre Meinung, daß die Oper wahrscheinlich kein Erfolg würde?"

Auf diese Frage kam eine unerwartete Reaktion: Raeburn brauste auf. „Ob er meine Meinung teilte? Er war es doch, der es mir gesagt hat. Sagte, er hätte das Libretto gesehen und die Partitur, ein stümperhaftes, peinliches Machwerk das Ganze! Collis hat sich mit Welton gestritten. Er sagte, es würde ihn seinen Ruf kosten, wenn er einen solchen Mist sänge. Sie sind schrecklich aneinandergeraten, weil Collis den Premierenvertrag unterzeichnet hatte und Welton ihn darauf festnagelte."

Offenbar wurde ihm bewußt, daß er zu laut geworden war, und er schwieg eine Weile, ehe er gedämpft fortfuhr: „Ich kam zu dem Schluß, daß wir den Vertrag lösen mußten. Ich hatte gerade meine Anwälte damit betraut, als Collis starb."

Hier ist irgend etwas... „Graeme Welton sagt, er habe sich Freitag mit Ihrem Sohn getroffen und alles mit ihm geklärt. Wußten Sie nichts davon?"

Er starrte sie an. „Wenn das der Fall gewesen wäre, hätte Collis es mir gesagt. Und das hat er nicht. Welton lügt." Er korrigierte sich hastig. „Verstehen Sie mich nicht falsch, Kommissarin. Welton irrt sich, hätte ich sagen sollen. Er ist ein Freund meiner Tochter, und ich vermute, er wollte um ihretwillen den Konflikt klären, deshalb sah er die Diskussion mit Collis in sehr viel rosigerem Licht, als sie verdient."

Das feine Geräusch von Annes Bleistift schien ihn daran zu erinnern, daß seine Worte protokolliert wurden. Er sah zu ihr hinüber, dann wieder zu Carol. Sie wartete, bis er unruhig wurde, dann fragte sie: „Und Edward Livingston? Sie sagten, daß er einen Groll gegen Ihren Sohn hegte..."

„Livingston ist unmöglich. Früher oder später kommt jeder dahinter. Collis mochte ihn nicht. Livingston hat keine Ahnung, wie man mit Künstlern umgeht. Gigantische, sensationelle Produktionen, das ist sein Stil. Kein Geschmack, keine Ästhetik, aber er erreicht die Massen."

„Ist er deshalb ein Gewinn für die Eureka Oper?"

Er runzelte ungeduldig die Brauen. „Falls Sie von Geld

reden, Kommissarin, dann ja, er ist ein Gewinn für die Operngesellschaft. Falls Sie aber Ästhetik meinen, das Künstlerische... nun..."

„Gab es einen speziellen Konflikt zwischen Ihrem Sohn und Mr. Livingston?"

Wieder schnalzte er irritiert die Zunge. „Es ging auch hierbei um Weltons verdammte Oper. Schlimm genug, daß sie nicht zu singen war, doch zu allem Übel plante Livingston auch noch, sie in seiner gewohnt absurden Weise zu inszenieren. Ayers Rock auf der Bühne mit gezähmten Dingos und Känguruhs..." Er lächelte bitter und ironisch. „Können Sie sich das vorstellen, Kommissarin? Ein Künstler wie Collis singt Arien inmitten eines Zoos? Die ganze Idee war lächerlich, eine Farce." Er erhob sich und ging im Zimmer auf und ab. „Ich hätte nicht zugelassen, daß Collis mit solch einer Inszenierung in Verbindung gebracht wird."

„Aber", sagte Carol freundlich, „er hätte singen müssen, wenn die Lösung des Vertrages nicht möglich gewesen wäre. Ist das so?"

Raeburn sah auf die Uhr. „Kommissarin, es tut mir sehr leid", sagte er gefaßt, plötzlich hatte er sich wieder unter Kontrolle. „Ich habe einen dringenden Termin. Aber meine Tochter wird sich gern Ihnen widmen. Ich muß jetzt leider gehen. Martha wird sich inzwischen um Sie kümmern."

„Da ist noch ein wichtiger Punkt..."

„Ja? Was?" fragte er schroff.

„Ihr Sohn war HIV-positiv", sagte Carol ohne Umschweife.

„Ich habe keine Zeit mehr, darüber jetzt zu reden."

Du hast keine Zeit, darüber zu reden, daß dein Sohn den AIDS-Virus hatte? „Tut mir leid, aber wir müssen darüber reden."

Er war bereits an der Tür, drehte sich um und erklärte barsch: „Erstens, ich akzeptiere nicht, daß Collis den Virus hatte. Beim Bluttest ist ein Irrtum passiert oder so etwas.

Zweitens, ich werde rechtliche Schritte unternehmen gegen alle, ich wiederhole, gegen alle, die den Namen meines Sohnes mit HIV-positiv in Zusammenhang bringen." Wieder erinnerte er Carol an einen aufgeplusterten Kampfhahn. „Ich werde Martha sagen, daß sie Nicole Bescheid gibt."

Carol stand auf. „Bevor Sie gehen, Mr. Raeburn, würde es Ihnen etwas ausmachen, wenn wir einen Blick in das Zimmer Ihres Sohnes werfen?"

„Ihre Leute haben seine Papiere schon durchgesehen."

Carol nickte, sagte aber nichts. *Du setzt dich wohl immer durch und willst auf meine Fragen nicht antworten.*

Nach einer Weile erwiderte er unwirsch: „Nun gut. Das schadet ja wohl nicht."

Das schwere Ticken der Standuhr erschien ihr viel lauter, nachdem er gegangen war. Carol konnte mit Anne gerade einen Blick wechseln, als Martha bereits mit einem Tablett hereinkam und es auf den Couchtisch in der Mitte stellte. „Ich dachte, Sie hätten gern eine Erfrischung. Er ist ganz fassungslos. Haben Sie das bemerkt? Und dann noch das Begräbnis, das wird eine furchtbare Qual. Man sagt, es werden Tausende kommen. Sie auch?"

Noch bevor Carol antworten konnte, betrat eine Frau das Zimmer. „Danke, Martha. Ich kümmere mich schon um alles."

Carol erhob sich und sah, wie überaus zierlich Nicole Raeburn war. Ihre Handgelenke und Fesseln wirkten ganz zart und zerbrechlich, ihr Hals zu dünn, um den Kopf mit dem langen kastanienbraunen Haar zu tragen.

Carol streckte ihr die Hand hin, die knochigen Finger streiften sie nur flüchtig. *Magersüchtig?* überlegte sie und betrachtete die schmalen Schultern und die eingefallene Brust. *Oder krank? Asthma vielleicht?*

Sie war im Begriff, sich zu Carol aufs Sofa zu setzen. Also erhob Anne sich dezent und nahm auf einem Sessel Platz. Carol wartete, bis sie sich gesetzt hatte, dann sagte sie: „Sie haben ja bereits ausgesagt, deshalb fürchte ich, daß ich Ihnen manche Frage stellen werde, die Sie schon beantwortet haben."

„Das macht nichts. Außerdem war ich es, die Daddy vorschlug, daß Sie sich der Sache annehmen sollten."

Carol bemerkte, wie kindlich sie „Daddy" sagte, dieses bestrickende Klein-Mädchen-Gehabe und den schlauen Blick.

„Nett von Ihnen, mich vorzuschlagen."

Bei Carols trockenem Ton lächelte sie gewinnend. „Sie sind böse auf mich, ich weiß. Doch die Ministerin – Tante Marge –, sie ist keine richtige Tante, aber eine gute Freundin. Sie nehmen mir doch nicht übel, daß ich ein paar Beziehungen spielen ließ, nicht wahr?"

Was würdest du sagen, wenn ich dich frage, wieso du und dein Vater eigentlich Sonderbehandlungen erwarten sollten? dachte Carol. „Können Sie mir etwas über Ihren Bruder sagen, das mir vielleicht weiterhilft?" fragte sie.

Nicole Raeburn traten Tränen in die Augen. „Mein Bruder..." flüsterte sie.

„Ich bedaure, daß es notwendig ist, Sie in einer solchen Zeit zu belästigen", erklärte Carol, und ihr wurde zynisch bewußt, wie viele Male sie diesen Satz schon gesagt hatte, eine Routinefloskel.

„Es ist schon gut, wirklich, Wenn wir nur alles klären können. Wenn nur niemand glaubt, Colly habe Selbstmord begangen." Sie legte ihre magere Hand einen Moment auf Carols Arm. „Es muß einfach ein Unfall sein. Colly hätte so etwas nie getan. Er hatte soviel, wofür es sich lohnte zu leben..." Ihre Stimme festigte sich. „Und er hätte das nie getan, ohne einen Brief an mich zu hinterlassen. Wir standen uns so nahe. Näher als nur Bruder und Schwester."

In Gedanken zuckte Carols Augenbraue hoch. Nicole Raeburn deutete doch wohl nicht Inzest an?

Offenbar wurde Nicole diese mögliche Deutung bewußt.

„Ich meine", erklärte sie hastig, „wir waren Freunde. Gefährten. Wir hatten die gleichen Interessen und keine Geheimnisse voreinander – privat wie beruflich. Wenn wir uns nicht täglich sahen, telefonierten wir zumindest miteinander, egal wo er war – ob hier oder im Ausland."

„Schlief er am Freitag hier zu Hause?"

„Ja, aber er hatte Proben für *Aida,* deshalb sagte er, von Samstag an wolle er im Hotel wohnen."

„Hat er angerufen, nachdem er am Samstagmorgen in die Stadt fuhr?"

Carol sollte zweifellos glauben, daß sie sich gewundert hätte, wenn es anders gewesen wäre. „Aber ja, natürlich hat er das. Ziemlich früh am Abend, nachdem er sich eingecheckt hatte."

„Wirkte er irritiert, aus dem Gleichgewicht gebracht?"

„Nein, er war so wie immer. Deshalb bin ich ja so sicher, daß es ein Unfall war, ein dummer, sinnloser Unfall."

„Hat er am Telefon genuschelt oder so etwas?" Und als Nicole die Stirn runzelte, fügte Carol hinzu: „Ich versuche mir ein Bild zu machen, wann die Wirkung der Tabletten oder des Alkohols eingesetzt haben mag."

„Mein Colly war so, wie er immer war", antwortete Nicole mit zitternden Lippen.

„Und Sie waren hier, zu Hause, am Samstag und Sonntag?"

„Sie fragen mich das aus einem bestimmten Grund, nicht wahr?"

Carol seufzte im stillen. „Es ist eine reine Routinefrage", sagte sie freundlich. „Waren Sie hier?"

„Ja, das war ich. Und Daddy auch." In ihren weitaufgerissenen Augen lag etwas Berechnendes. „Sie glauben, daß jemand Colly etwas Böses wollte?"

„Können Sie sich eine Person vorstellen, die ihm Übles wünschte?"

Obwohl Carol eher beiläufig gefragt hatte, reagierte Nicole äußerst heftig. Ihre mageren Finger umklammerten Carols Handgelenk, und ihre Stimme überschlug sich. „Mord? Sie glauben doch nicht an Mord? So etwas denken Sie doch wohl nicht?“ Sie preßte die Hand auf den Mund. „Mord...“

Höchst interessant. Der Gedanke gefällt ihr.

Nicole zwang sich zur Ruhe, zwirbelte eine Haarsträhne um ihren Finger und sagte dann: „Es gab tatsächlich ein paar Leute, die neidisch oder eifersüchtig auf Collis waren.“

„Irgendwelche offenen Konflikte?“

„Nun ja, da ist zum einen Livvy. Sie müßten ihn kennen.“

„Edward Livingston?“

„Ja. Aber er streitet sich ja mit allen. Und seine blöde *Madame Butterfly* war nicht so erfolgreich, wie er gedacht hat, also hat er Colly die Schuld daran gegeben, dabei war es doch ganz eindeutig, daß Alanna Brooks dem nicht gewachsen war.“

Als Carol einwarf, daß Alanna Brooks nicht als zweitklassig galt, fuhr Nicole fort: „Und Lloyd Clancy haßte Colly, weil es nur eine Frage der Zeit war, bis Colly ihn in jeder Hinsicht übertrumpfte. Ich meine, er war ein ganz passabler Tenor, aber gemessen an der Stimme meines Bruders... Blei neben Gold.“

Sie klingt, als zitiere sie jemand anders, dachte Carol hellhörig. „Was ist mit Graeme Welton?“

Nicole lächelte, ihr Gesicht entspannte sich völlig. „Welty! Er liebte Colly. Er liebt uns alle. Er gehört praktisch zur Familie.“

„Wie ich hörte, gibt es ein Problem mit der Oper, die er auf Alanna Brooks und Ihren Bruder zugeschrieben hat.“

„*Dingo?* So heißt sie, Kommissarin. Das klingt schrecklich, nicht wahr? Aber ich habe die Partitur gesehen, die Musik ist wundervoll.“

„Sind Sie auch musikalisch?“

Nicole senkte bescheiden den Blick. „Ich spiele Violine.

Vielleicht hätte ich meine Konzertkarriere betreiben sollen..." Das Ende des Satzes lag in der Luft: Aber ich habe sie für meinen Bruder geopfert.

„Haben Sie Graeme Welton gesagt, daß ich den Fall übernommen habe?"

Nicole zog einen Flunsch. „Ja, das habe ich. War das falsch von mir, Kommissarin?"

„Natürlich nicht. Ich habe mich nur gewundert, als er mich anrief, wie er es herausgefunden hat."

„Oh, ich sage ihm alles. Gleich nach Colly ist er mein bester Freund."

„Hätte Ihr Bruder Mr. Welton von seinem Bluttest erzählt?"

Nicole blockte diese Frage ab. „Ich weiß nicht, was Sie meinen." Sie lehnte sich auf die Couch zurück und wandte den Kopf ab.

„Es tut mir leid", sagte Carol sanft, „ich war überzeugt, man hätte Ihnen gesagt..."

„Colly hatte kein AIDS!"

Nicole ereiferte sich so sehr, daß Anne kurz aufsah. Carol fuhr fort: „Wir wissen, daß sein Arzt aufgrund der Versicherung diesen Test vornahm. Es kam völlig unerwartet, als sich herausstellte, daß er HIV-positiv ist, und sein Arzt es ihm mitteilte und spezielle Beratung empfahl."

Nicole saß aufrecht und stocksteif da, herausfordernd starrte sie Carol an. „Das Ganze ist ein Irrtum", behauptete sie stur. „Etwas anderes ist vollkommen unmöglich."

Da Carol schwieg, fügte sie eindringlich hinzu: „Und ich erwarte, daß Sie es beweisen werden, wenn Sie gründliche Arbeit leisten."

Martha öffnete die Tür zu Collis Reaburns Schlafzimmer. Sie senkte ehrfürchtig die Stimme. „Alles ist so, wie er es verlassen hat. Ich habe nur saubergemacht, nachdem Ihre Leute seine Sachen durchgesehen haben, das ist alles." Unentschlossen hielt sie inne, dann sagte sie: „Ich lasse Sie jetzt allein..."

Der Raum war luxuriös ausgestattet. Ein großes Zimmer, an das sich ein verspiegeltes Ankleidezimmer anschloß sowie ein schwarzgekacheltes Badezimmer mit eingelassener Badewanne. Der Teppichboden war hellbeige, die Tagesdecke und Sesselbezüge nur eine Spur dunkler. Terrassentüren gingen auf einen Balkon hinaus, der von Eukalyptusbäumen beschattet war. Rings an den Wänden des Schlafzimmers hingen gerahmte Fotos, Opernplakate, Programmblätter dicht an dicht. Überall war Collis Reaburn zu sehen, in herrlichen Kostümen starrte er sie majestätisch an. Nur wenige Bilder zeigten ihn mit einer anderen Person. Carol erkannte Graeme Welton, der ernst in die Kamera sah. Eine Wand war Familienfotos vorbehalten, Abbildungen von Collis Reaburn in den verschiedensten Altersstufen, immer stand er ganz vorn und setzte sich stets in Pose.

„Das ist Alanna Brooks." Anne deutete auf ein Standfoto für *La Bohème*, auf dem Rodolfo und Mimi das Liebesduett sangen. „Ich habe die Aufführung gesehen", erklärte sie zu Carols Überraschung. „Es war mein erster Opernbesuch... mein Vater hat auch gesungen, keine Opern allerdings, er begeisterte sich für diese Dinge, also nahm er mich mit."

„Hat es Ihnen gefallen?"

Anne machte ein Gesicht, als fühle sie sich genötigt, es zu bestreiten. „Ja, irgendwie schon..." sagte sie widerstrebend. „Ich meine, es war romantisch und dramatisch und hatte ein trauriges Ende. Ein bißchen wie Seifenoper im Fernsehen, nur daß eben alle ihren Text singen."

„Und Collis Raeburn?" fragte Carol neugierig. „Hat er Eindruck auf Sie gemacht?"

„Er war wunderbar", antwortete sie. „Alles war wie elektrisiert, wenn er auftrat, und selbst ich hörte, daß seine Stimme etwas ganz Besonderes war."

Carol betrachtete die überfrachteten Wände. Da waren die Triumphe festgehalten, aber der Mann mit der unvergleichlichen, hinreißenden Stimme hatte sich offenbar in der Anonymität eines Hotelzimmers eingeschlossen und sich das Leben genommen. „Ich glaube nicht, daß er sich umgebracht hat“, sagte sie.

Anne horchte auf und wartete schweigend. Schließlich fragte sie: „Wenn es kein Unfall war, wer hat ihn ermordet?“

Carol deutete auf die dichtgehängten Fotos. „Jemand von denen.“

Martha führte sie in die Küche, die genau wie das übrige Haus, stilmäßig zusammenwürfelt war. Der mächtige geschrubbte Tisch war offenbar ein antikes Stück, diverse polierte Kupferpfannen hingen an der einen Wand, an einer anderen moderne Hängeschränke aus hellem Holz, schwarze Edelstahlstühle waren genau so unbequem, wie sie aussahen. Martha setzte ihnen Becher mit Kaffee vor. „Wenn Sie nicht wollen, brauchen Sie ihn nicht zu trinken.“

Carol fragte übergangslos: „Wissen Sie irgendeinen Grund, weshalb Collis Reaburn sich umgebracht haben sollte?“

„Das hätte er nicht. Es muß ein Unfall gewesen sein.“

„Nahm er die Tabletten regelmäßig?“

„Er hatte Probleme mit dem Schlafen. Er hat sich letztes Jahr bei einem Sturz in *Tosca* den Rücken verletzt. Hatte ständig Schmerzen, wollte aber nicht, daß andere davon wußten. Ich weiß nicht, ob Sie wissen, Kommissarin, daß ein Opernstar fit sein muß. Nicht nur seine Stimme, sondern sein ganzer Körper. Bis zu dem Unfall hat er jeden Tag seinen Körper trainiert – hier im Haus ist ein Fitnessraum –, zweimal die Woche ging er zum Schwimmen in den North Sydney Pool, wegen der Atemtechnik, und er achtete auf seine Gesundheit. In letzter Zeit hatte er ein wenig zugenommen, und das störte ihn.“

„War er auf Diät?"

„Salate – riet ich ihm. Er meinte, das sei Kaninchenfutter, aber er hörte auf mich. Immer kam er mit seinen Problemen zu mir." Kummer trat auf ihr Gesicht. „Ich kenne ihn von klein auf. Ich weiß, daß er sich nicht umgebracht hat."

„Er hat sich Ihnen anvertraut..." Carol ließ den Satz offen, um eine Antwort zu provozieren. Doch Marthas Offenheit verblüffte sie.

„Sie meinen in bezug auf HIV? Ja, er hat es mir erzählt. Er wußte, daß ich es niemals weitersagen würde, und er war völlig verzweifelt. Er hatte ja keine Ahnung, wissen Sie. Es war ein Bluttest für die Versicherungspolice, und als das Testergebnis kam und der Arzt es ihm gesagt hat, da ist er nach Hause zu mir gekommen und hat geweint."

Wie würde ich Menschen, die ich liebe, so etwas Schreckliches sagen? „Hat er es seinem Vater und seiner Schwester gesagt?"

„Ich weiß nicht. *Ich* jedenfalls hab's ihnen nicht erzählt."

Wie sollte Carol ihre nächste Frage formulieren? „Hat er gesagt..."

„Wie er es gekriegt hat? Nein. Vermutlich durch Drogen – eine gemeinsame Nadel."

„Sie wissen genau, daß er Drogen genommen hat?" fragte Carol. Der Autopsiebericht hatte keine Einstiche am Körper festgestellt. Sie mußte sich noch einmal um die Blutuntersuchung kümmern.

„Mr. Collis war Künstler", sagte Martha nachsichtig. „Er bewegte sich in Kreisen, wo Kokain und solche Dinge an der Tagesordnung sind."

„Also hat er mit Sicherheit Drogen genommen?"

„Das hat er nicht gesagt! Ich habe nur vermutet, daß es so war. Wie sonst hätte er sich den Virus zuziehen können?" Und als Carol schwieg, entgegnete sie scharf: „Er war nicht schwul, falls Sie das denken."

„Das muß er auch nicht gewesen sein", sagte Carol. „Hatte er eine feste Beziehung?"

Martha schüttelte den Kopf. „Nein. Er nahm die Gelegenheit wahr, wenn sie sich bot. Sie müssen nämlich wissen, Kommissarin, daß Singen sein Leben war, und das beanspruchte all seine Zeit und Energie. Da blieb nicht viel Raum für irgend etwas anderes."

Carol dachte an den tödlichen Virus, den er unwissentlich weitergegeben hatte, und fragte: „Sie können mir keine Person nennen, für die er sich besonders interessiert hat?"

„Er hatte immer eine Schwäche für Alanna Brooks. Ich mag sie und habe immer gehofft, daß die beiden zusammenkommen, doch da wurde nichts draus. In letzter Zeit ging das Gerücht, er hätte etwas mit diesem jungen Ding, Corinne Jawalski, aber das war bloß Gerede. Jedenfalls hat er sie nie mit nach Hause gebracht." Sie lächelte etwas hämisch, als sie hinzufügte: „Nicht, daß er sich darum gerissen hätte, bei der Schwester, so wie sie ist."

Carol zog fragend eine Braue hoch, und als nichts kam, bohrte sie: „So wie sie ist..."

„Besitzergreifend", erklärte Martha. „Es ist eine Familie, die sich sehr nahe steht, eine sehr verschweißte Familie."

„Da ist jemand von außen vielleicht nicht willkommen?"

Carol war zu weit gegangen. Marthas Gesicht verschloß sich. „Das habe ich nicht gesagt."

„Waren Sie das Wochenende über hier?"

„Nein. Ich hatte Samstag und Sonntag frei. Ich bin zu meiner Schwester zum Bondi Beach rausgefahren. Mr. Collis hat mich bis in die Stadt mitgenommen, von dort fuhr ich mit dem Bus zum Beach."

„Wissen Sie noch, was er anhatte?"

Die Haushälterin sah sie erstaunt an. „Was er getragen hat? Was Legeres – Jeans und einen weißen Pulli, glaube ich."

„Wenn Sie zurückdenken, fällt Ihnen irgend etwas ein, das

vielleicht darauf schließen lassen könnte, daß er Selbstmordgedanken hegte?"

Plötzlich standen Martha Tränen in den Augen, als sie sagte: „Er hätte mir etwas gesagt, wenn er das vorgehabt hätte. Er hätte gewußt, daß ich es verstehe. Wir haben darüber gesprochen, wie er sich fühlte, seit die Todesdrohung über ihm hing. Aber er war entschlossen, dagegen anzukämpfen." Sie ahnte Carols nächste Frage. „Nein, so deprimiert war er nicht."

Sie zog ein Taschentuch hervor und schnaubte sich heftig die Nase. „Entschuldigung. Ich werde emotional."

„Etwas könnte darauf schließen lassen, daß sein Tod ein Unfall war", sagte Carol und beobachtete sie genau. „Er hat keinen Abschiedsbrief hinterlassen." Und nach einer Pause stellte sie höflich die Frage: „Hier hat er wohl auch nichts hinterlassen?"

Martha reckte das Kinn. „Sie glauben, er hätte einen Abschiedsbrief hiergelassen? Ihre Leute sind all seine Papiere durchgegangen. Wenn es einen gab, hätten sie ihn gefunden."

„Wenn er noch dagewesen wäre", sagte Carol freundlich.

Ärger verdrängte den Kummer auf Marthas Gesicht. „Sie glauben, ich hätte den Brief verschwinden lassen, nicht wahr? Warum hätte ich das wohl tun sollen?"

„Um die Familie zu schützen... Collis Raeburns Namen... Gründe gibt es einige."

Die Haushälterin schnäuzte sich noch einmal vernehmlich die Nase, dann sagte sie resolut: „Da war aber nichts. Kein Brief – nichts. Er hat ein Tagebuch geschrieben, fast täglich. Wenn er etwas hätte sagen wollen, würde es da drin stehen."

„Wo ist dieses Tagebuch?"

„Ihre Leute müssen es mitgenommen haben. Ich konnte es nicht finden, als ich es suchte."

„Warum haben Sie es gesucht?"

„Nicole bat mich darum... Ich habe nicht rumgeschnüffelt, falls Sie das meinen", antwortete Martha verschnupft.

„War es in dem Rollschrank in seinem Schlafzimmer?"

„Ja, bei all den anderen Papieren." Sie lächelte trübselig. „Es war in schwarzes Leder gebunden, sein Name stand drauf, in Gold geprägt. Nicole hatte es ihm vor ein paar Jahren geschenkt. Sie wissen, Kommissarin, daß Collis immer alles gesammelt hat, Fotos, Artikel, Kritiken, Programme, die ganze Zeit. Ich habe immer alles ausgeschnitten, was in den Zeitungen stand, und es für ihn aufgehoben. Ich sagte, das würde es einem Biografen mal leichter machen, wenn die Zeit käme."

„Haben Sie je das *Handbuch zur Sterbehilfe* hier gesehen?"

„Niemals!" sagte Martha ganz entschieden. „Und wenn, dann hätte ich etwas gesagt. Wann wir sterben, ist Gottes Wille!"

Zwar hatte Carol noch mehr Fragen, doch hob sie sich die für später auf, wenn sie weitere Informationen hätte und dezidierter fragen könnte. Sie lächelte zustimmend und sagte: „Ich hätte gern eine Liste seiner Freunde und Freundinnen und Verwandten, vor allem derjenigen, die er im letzten Monat seines Lebens gesehen hat."

Martha nickte. „Wenn ihn einer von ihnen umgebracht hat", sagte sie langsam und nüchtern, „dann will ich den tot sehen."

4

Gestern nacht hatten sie kaum Gelegenheit zum Reden gehabt, deshalb hatte sich Carol, als sie von ihrem gewohnten Morgenlauf durch die stillen Straßen und das Buschland über dem ruhigen Wasser von Middle Harbour nach Hause kam, vorgenommen, besonders liebevoll und offen zu sein.

In Jeans und blauem T-Shirt lehnte Sybil an der Küchenbar und trank eine Tasse Tee. Carol setzte sich, um ihre Laufschuhe auszuziehen. „Schatz, tut mir leid, daß ich letzte Nacht erst so spät nach Hause kam..."

Sybil stellte behutsam ihre Tasse hin. „Ich möchte etwas mit dir besprechen", sagte sie.

Bei ihrem Ton stockte Carol und blickte auf. „Ist es etwas Wichtiges?"

Sybils Ausdruck war beherrscht, distanziert. „Ich glaube, ich habe dir gesagt, daß die Mieter letztes Wochenende aus meinem Haus ausgezogen sind, sie haben den Vertrag nicht erneuert."

Carol ahnte, was kommen würde. Sie starrte auf den rötlichen Jeffrey, Sybils Kater, der mit ihrem Schnürsenkel spielte. „Du denkst daran, wieder zurückzuziehen?"

„Für eine Weile, ja. Bis wir die Situation klären können."

Carol fuhr hoch, und Jeffrey flüchtete mit einem Satz. Selbst Sinker, der sich unter dem Stuhl zusammengerollt hatte, wich bei Carols lauter Stimme aufgeschreckt zurück. „Du ziehst aus wegen meiner Bemerkung über die Einladung zu Marks Hochzeit? Das glaub' ich einfach nicht!"

Jetzt wurde auch Sybil rot vor Zorn. „Natürlich nicht,

Carol, es ist nicht nur deswegen. Es ist die gesamte Situation."

Carol kochte, es verschlug ihr vor Wut die Sprache. Nach einer Weile fragte sie mühsam beherrscht: „Warum tischt du mir so was eigentlich immer beim Frühstück auf? Weil du weißt, daß ich gleich zur Arbeit muß?"

„Weil es die einzige Zeit ist, wo du nicht zu müde oder zu sehr mit anderen Dingen beschäftigt bist", entgegenete Sybil scharf. „Und selbst dann..." Sie unterbrach sich mit einem frustrierten Achselzucken. „Ach, es hat keinen Sinn."

„Schatz..."

„Reden wir später darüber."

Carol protestierte: „Aber du hast das Thema jetzt aufgebracht."

„Ja, das hab' ich wohl..." Sybil lächelte bitter. „Wie dumm von mir, schließlich weiß ich ja, was jedesmal dabei herauskommt."

***

Normalerweise wäre Carol auf Marks Einladung zurückgekommen und hätte sich bedankt, doch heute morgen war das Thema tabu. Als er aufgekratzt in ihr Büro kam, fragte sie stirnrunzelnd: „Ja?"

Bei ihrem Ton horchte er verdutzt auf. „Hab' heute früh mit Raeburns Arzt gesprochen, aber wenn es dir jetzt nicht paßt, kann ich ja später..."

Sofort empfand Carol Schuldgefühle und sagte irritiert: „Leg nur los."

„Erstens habe ich überprüft, ob der Arzt die Tabletten, die Raeburn im Hotel genommen hat, tatsächlich verschrieben hat – und das stimmt, daran ist also nichts verdächtig." Er blätterte in seinen Notizen. „Nun zu dem HIV. Raeburn gehörte nicht zu den Blutspendern, deshalb vermute ich, daß er den Test gar nicht gemacht hätte, solange er nicht krank geworden wäre, hätte sein Vater nicht darauf gedrängt, daß Collis eine höhere Lebensversicherung abschloß."

„Wer war begünstigt im Todesfall?"

„Nur die Familie. Natürlich hat sich die Versicherung geweigert, die Police auf anderthalb Millionen zu erhöhen, als das HIV-Resultat kam, so daß Raeburns Leben mit der ursprünglichen Summe von achthunderttausend versichert war, als der Todesfall eintrat. Und da diese Police die übliche Klausel enthält, daß bei Selbstmord jede Haftung entfällt, ist es klar, weshalb die Familie auf Unfall beharrt."

Carol spielte mit ihrem goldenen Stift, den Sybil ihr geschenkt hatte. „Raeburn hat nicht versucht, sich um den Test herumzudrücken?"

„Nein. Die Versicherung verlangte ein Gesundheitszeugnis einschließlich Bluttest, und deshalb ist Raeburn zu seinem Arzt gegangen, wie es scheint ohne die leiseste Ahnung eines Problems. Der Arzt sagt, er selbst sei höchst überrascht gewesen, als der Bluttest ergab, daß Collis HIV-positv war. Raeburn hat daraufhin auf einem zweiten Test bestanden, der zum gleichen Ergebnis führte."

„Besteht eine Vermutung, wie lange er den Virus schon hatte?"

Bourke verzog skeptisch das Gesicht. „Soweit ich weiß, wies Raeburn keine körperlichen Anzeichen auf, aber das ist individuell sehr verschieden. Es könnten Monate sein, sogar ein paar Jahre."

Carol kritzelte geistesabwesend Pfeile auf ihren Block. „Wie hat er es aufgenommen? War er deprimiert? Wütend?"

„Der Arzt sagt, er wäre ziemlich gefaßt gewesen. Er hätte sich die medizinische Seite angehört und sich die AIDS-Beratung notiert – die er übrigens nicht aufgesucht hat. Er sagte dem Arzt, daß er den Virus bekämpfen will, und war überzeugt, daß es bald ein Heilmittel gäbe, und ging davon. Der Arzt hat ihn nicht wiedergesehen."

„Vielleicht ist er in eine AIDS-Klinik gegangen. Zu einem Spezialisten."

Bourke fuhr sich mit der Hand durchs Haar. „Kannst du dir vorstellen", sagte er, „wie es sein muß, nichtsahnend da reinzugehen und dann dein Todesurteil zu erfahren?"

Carol fragte sich, wie *sie* darauf reagieren würde. „Es muß schrecklich sein und noch viel schlimmer, wenn du Freunden und Geliebten sagen mußt, daß du sie vielleicht infiziert hast."

Fast zornig bemerkte Mark: „Du sagst, er hätte es Martha Brownlye erzählt, aber soweit ich weiß, hat es sich damit. Entweder hat er's sonst niemand gesagt, oder sie schweigen darüber. Der Arzt hat Raeburn erklärt, er müsse es allen sagen, mit denen er geschlafen hat, ob mit Kondom oder ohne – so sicher sei das ja auch nicht immer."

„Der Körper wies keine Einstiche auf, aber vielleicht hat er früher doch mal Drogen gespritzt."

Bourkes sonst so freundliche Stimme klang schneidend: „Man hat ihm gesagt, daß er diejenigen kontaktieren muß, mit denen er die Nadel geteilt hat, wenn das der Fall war."

Der unverhüllte Zorn in seiner Stimme irritierte Carol. „Mark, ich verstehe nicht recht. Hast du ein persönliches Problem damit?"

„Quasi."

„Was ist es?"

„Ich will nicht, daß das hier weitergeht." Er sah auf, als sie protestierend murmelte. „Tut mir leid, Carol. Es ist nur so, daß mir die Sache sehr nahegeht. Pats jüngerer Bruder... weißt du..." Er rieb sich mit den Knöcheln das Kinn. „Er hat es erst erfahren, als er krank wurde, richtig krank. Er hat AIDS im Frühstadium, und sein Immunsystem ist zusammengebrochen. Vor ein paar Wochen bekam er eine Lungenentzündung. Momentan geht es ihm allerdings wieder besser."

„O Mark..."

„Er ist doch noch ein halbes Kind – erst Anfang zwanzig." Er schwieg, dann fügte er bitter hinzu: „Es war ein älterer Mann, verheiratet. Er versicherte Tony, es sei alles okay, er sei gesund, clean, es sei ganz sicher. Jedenfalls bin ich nicht schwul, sagte der Kerl zu Tony, ich suche nur mal 'ne Abwechslung..." Mark schüttelte den Kopf. „Womöglich hat er auch seine Frau infiziert."

„Vielleicht hat er's nicht gewußt."

Wieder lief Mark vor Zorn rot an. „Das ist doch bloß eine Ausrede, nicht? Tony wird sterben, Carol, wenn nicht ein Wunder geschieht. Er wird nicht mal seinen dreißigsten Geburtstag erleben. Und das alles nur, weil so ein Kerl wie Collis Raeburn zu egoistisch oder zu blöd ist, für Schutzmaßnahmen zu sorgen."

Noch nie hatte Carol ihn derart wütend gesehen, er war völlig außer sich und schockiert über etwas, womit er sich bisher persönlich nicht befaßt hatte. „Können wir wieder auf Raeburn zurückkommen?" fragte sie.

„Sicher." Er lächelte flüchtig. „Entschuldigung – ich bin wohl etwas entgleist."

„Durchaus nicht, Mark. Hat Raeburn seinem Arzt gesagt, wo er sich den Virus geholt hat?"

„Nein. Er hörte sich den medizinischen Rat an, verweigerte die Antwort auf persönliche Fragen, vergewisserte sich der ärztlichen Schweigepflicht und ging."

„Wir könnten bei den AIDS-Kliniken nachforschen."

„Könnten wir, aber dort herrscht strengstes Stillschweigen in bezug auf Informationen, die einen HIV-Patienten identifizieren könnten."

„Sieh, ob du was rauskriegen kannst, Mark."

Er richtete sich in seinem Stuhl auf. „Na gut. Aber du weißt, da wird niemand reden wollen. Für eine Menge Leute sind HIV und AIDS die obszönsten Worte überhaupt."

„Was ist obszöner, als daß er womöglich mit Leuten

geschlafen hat, die sich infiziert haben und es nicht wissen?"

***

Carol bemerkte, daß Anne Newsome sie mit ausgesuchter Höflichkeit behandelte. Als ihr Wagen durch das Tor des Opernhauses gewinkt wurde, betrachtete sie die junge Kriminalassistentin. Sie hatte kurzes gelocktes Haar, straffe, gebräunte Haut und wirkte voller Spannkraft und verhaltener Energie. „Irre ich mich, oder behandeln Sie mich tatsächlich wie ein rohes Ei?" fragte Carol freundlich.

Anne grinste. „Ich dachte, Sie reißen mir sonst den Kopf ab", sagte sie offen.

„So schlimm, hm?"

Ein serviler Mitarbeiter des Opernhauses erwartete sie unter dem erleuchteten Schild BÜHNENEINGANG. Das war eine wenig zutreffende Bezeichnung für den höhlenartigen Eingang ins Souterrain des Opernhauses, der von einer Schranke versperrt war. Sie wurde von uniformierten Sicherheitskräften hinter der Panzerglasscheibe an einem riesigen Schaltpult bedient.

„Kommissarin Ashton! Ich bin Douglas Binns. Wir haben miteinander telefoniert? Ich fürchte, es gibt ein kleines Problem. Lloyd Clancy und Alanna Brooks sind leider noch in der Probe. Ich weiß, daß wir einen festen Termin vereinbart haben, aber die beiden müßten bald frei sein... hm..." Er schwieg verdrossen.

Er war ein höflicher, unscheinbarer Mann, der sich augenscheinlich sehr bemühte. Als Carol fragte: „Ist denn Corinne Jawalski zu sprechen?" hellte sich sein Gesicht auf.

„Aber ja. Ich habe sie erst vor wenigen Minuten im Grünen Saal verlassen. Ihre Probe beginnt später, wenn Sie mir also folgen wollen..."

Der Bühneneingang führte in einen riesigen quadratischen Tunnel, der das gesamte Gebäude von Süd nach Nord zerschnitt und groß genug war, so daß Lastwagen und Maschinen hineinfahren konnten. Am anderen Ende konnte Carol die vom Wasser des Sydney Harbour reflektierte Sonne sehen. Binns führte sie an Gabelstaplern, Bühnenkulissen und Requisiten vorbei zu einem Labyrinth von Gängen und Treppen. „Seit unserem Gespräch habe ich immer wieder die Sekretärin von Mr. Livingston angerufen, Kommissarin. Leider kann Mr. Livingston keinen Termin für Sie freimachen, jedenfalls nicht in den nächsten Tagen."

Es schien ihm höchst unangenehm zu sein, ihrer Bitte nicht nachkommen zu können, seine Verlegenheit legte sich erst, als sie einen großen Raum betraten. Nur wenige Leute hielten sich hier auf, obwohl Hunderte hineingepaßt hätten. Am einen Ende war die Essensausgabe, am anderen ein riesiges Panoramafenster mit atemberaubendem Blick auf den Hafen. Dazwischen standen Reihen von Tischen und Stühlen wie in jeder kommunalen Kantine oder Cafeteria. Am Fenster zum Wasser befand sich eine Lounge mit Bar.

Stolz lächelnd erklärte er: „Dies also ist der berühmte Grüne Saal. Vielleicht interessiert es Sie, Kommissarin, zu hören, daß siebenhundert Akteure und Belegschaftsmitglieder jeden Tag hier speisen."

Carol verbiß sich ein Lächeln. „Ach, tatsächlich?"

Mit der Geste eines Hausherrn fuhr er fort: „Und auf diesen Monitoren kann man sämtliche Aufführungen verfolgen, so können die Darsteller hier sitzen und sehen, wann sie dran sind." Er machte eine bedeutungsvolle Pause und erwartete offenbar eine positive Reaktion seines Publikums.

„Das ist aber interessant", sagte Carol.

Das reichte offensichtlich. Befriedigt führte er sie zur roten Lounge beim Panoramafenster, wo eine Frau in Weiß gelangweilt eine Zeitschrift durchblätterte. „Corinne?"

Sie blickte auf, runzelte die Stirn, ohne zu lächeln. „Ja?"

„Dies ist Kommissarin Carol Ashton, und dies ist Kriminalassistentin Newsome." Und als sie nichts darauf erwiderte, fuhr er fort: „Corinne Jawalski, eine unserer glänzendsten Nachwuchsstars."

Sie erhob sich behende. Carol kam der Gedanke, daß sie zu den Menschen gehörte, die so tun, als seien sie Tausendschönchen persönlich, auch wenn das der Realität überhaupt nicht entsprach. „Sie möchten mit mir über Collis sprechen." Bei dem Namen zitterte ihre Stimme ein wenig, und sie rang um Selbstbeherrschung.

Vor einem Jahr hatte Corinne Jawalski das Glück gehabt, eine Hauptrolle zu bekommen, als bei einem Gastspiel die Primadonna kurzfristig indisponiert war. Corinne hatte bereits einen Nachwuchswettbewerb im Fernsehen gewonnen, so daß sie dem Publikum bekannt war, daraufhin wurde sie vom Ministerium für Tourismus verpflichtet, statt der üblichen landschaftlichen Schönheiten diesmal die kulturelle Identität Australiens zu präsentieren. Als zweite Besetzung in *Rigoletto* hatte sie also die Gilda gesungen und ihr Opernpublikum hingerissen. Diese Aufführung hatte ihr eine steile Opernkarriere eröffnet.

Binns sah Carol nervös an. „Kommissarin, möchten Sie, daß ich einen Raum finde, wo Sie ungestört sind..."

Carol blickte sich im fast leeren Saal um. „Es handelt sich nur um ein paar vorläufige Auskünfte. Es geht ganz gut hier, falls Ms Jawalski einverstanden ist."

„Dann sehe ich jetzt mal nach der Probe. Ich bin sicher, die beiden werden bald fertig sein. Bis gleich."

Er eilte davon. Corinne deutete auf die rote Couch neben sich. „Nehmen Sie Platz, Kommissarin. Ich habe Ihnen etwas mitzuteilen."

Amüsiert darüber, daß ihr die Vernehmung aus der Hand genommen wurde, nickte Carol Anne zu, sich ebenfalls zu setzen, und sagte: „Bitte, fahren Sie fort."

Die junge Frau musterte sie mit geneigtem Kopf von der Seite. „Ist dies wirklich eine Untersuchung?“ fragte sie schließlich. „Oder nur pro forma?“

„Wie meinen Sie das?“

„Muß ich Ihnen das noch verklickern?“ fragte Corinne bissig. „Den Skandal vertuschen und die Tragödie groß rausstreichen. So etwa?“

Carol lächelte ironisch. „Dies ist wirklich eine Untersuchung. Also, was wollten Sie mir sagen?“

Corinne Jawalski schürzte die Lippen. Sie hatte ein ebenmäßiges Durchschnittsgesicht, von dichten braunen Locken umrahmt, und strahlte eine kühle Autorität aus, die zu einer so jungen Person kaum zu passen schien. „In der nächsten Saison sollte ich Collis' neue Partnerin sein. Er wollte mit Edward Livingston reden und ihm sagen, daß er nicht mehr mit Alanna singen wollte, jedenfalls nicht die Rollen, die einer Sängerin meines Alters bedürfen.“ Sie strich sich den Rock ihres Kleides glatt. „Ganz abgesehen von der Tatsache, daß sie älter war als Collis, wirkt es lächerlich, wenn eine Frau in mittlerem Alter in *Romeo und Julia* die Julia singt.“

Die Gehässigkeit in ihrem Plauderton war kaum zu überhören, und Carol fragte sich, ob sie auf die andere Sopranistin eifersüchtig war. „Die beiden haben schon lange Zeit zusammen gesungen?“

„Scheint so.“

Carol provozierte sie: „Und sie waren befreundet?“

Corinne errötete leicht. „Was hat denn das damit zu tun?“

„Ich habe mich nur gefragt, wie er ihr dieses neue Arrangement wohl plausibel gemacht hat.“

Corinne zuckte die Achseln. „Ich weiß nicht, ob Alanna es bereits wußte. Offen gesagt, weiß ich nicht, ob er es überhaupt schon irgendwem gesagt hat, aber das hatte er jedenfalls vor. Ich meine, so was passiert eben irgendwann. Die Dinge verändern sich.“

„Entschuldigen Sie – ich verstehe nicht viel von Ihrem Beruf, was so *in* und *out* ist“, sagte Carol liebenswürdig. „Aber ich hätte gedacht, daß Entscheidungen bei der Besetzung nicht Sache der Sängerinnen oder Sänger seien...“

„In den meisten Fällen natürlich nicht“, stimmte Corinne zu. „Aber Collis konnte fordern, was er wollte – er bekam es. Das gehört zu den angenehmen Seiten des Ruhms, Kommissarin.“

„Und warum wollte er Alanna Brooks durch Sie ersetzen?“

Die Frage erregte ein selbstgefälliges Lächeln. „Ich will ja nicht unbescheiden klingen, aber Collis glaubte, wir würden ein besseres Paar abgeben. Ich meine, Alanna hat eine glänzende Karriere, und als Sängerin ist sie so alt ja noch nicht, aber...“

„Sie hat sie hinter sich?“ fragte Anne.

Die junge Sopranistin musterte Anne. „Brutal“, sagte sie und spitzte die Lippen, „doch genauso ist es. Alanna war wirklich gut, kein Zweifel, doch in den hohen Lagen wird sie etwas scharf – die Stimme hat ihren Schmelz verloren. Sicher kann sie noch ein paar Jahre singen, aber...“ Sie hielt inne und fügte mit fragwürdigem Bedauern hinzu: „Mangelhafte Technik, wahrscheinlich.“

Welch gleichgültige Grausamkeit. Carol fragte: „Wann haben Sie das letztemal mit Collis Raeburn gesprochen?“

Die junge Frau wirkte betroffen. Der triumphierende Ausdruck verschwand. Bedrückt sah sie zu Boden und antwortete kaum hörbar: „An jenem Abend.“

„Er rief Sie von seinem Hotel an?“

„Collis hat nicht gesagt, wo er war, aber es muß vom Hotel aus gewesen sein. Es war gegen sieben, und ich wollte gerade aus dem Haus gehen, als meine Mitbewohnerin mich zurückrief. Ich hatte es aber eilig, und so redeten wir nur kurz.“

„Weshalb hat er angerufen?“

„Weshalb hat er angerufen...“ wiederholte Corinne mechanisch.

Das Wiederholen der Frage verschafft dir Zeit zum Nachdenken. Worüber mußt du nachdenken? Carol warf Anne einen Blick zu und sah mit Befriedigung, daß sie Corinne Jawalski aufmerksam beobachtete.

Die junge Sopranistin legte die Hand an den Mund und versuchte, locker zu klingen: „Es war nichts Besonderes. Nur irgendwas über Graeme Weltons neuestes Werk.“

„*Dingo?* Sollten Sie darin singen?“

„Ich stand nicht unter Vertrag, falls Sie das meinen. Der arme Collis schwitzte Blut und Wasser bei dem Gedanken an das Machwerk. Er wollte nichts damit zu tun haben und wußte keinen Ausweg, wie er da rauskommen könnte.“

„Klang Mr. Raeburn deprimiert?“

„Nun, er war nicht besonders glücklich. Ich hatte das Gefühl, daß Alanna ihm die Hölle heiß gemacht hatte.“

„Weil Sie sie ersetzen sollten?“

Die Sängerin machte eine wegwerfende Handbewegung. „Keine Ahnung. Vielleicht, vielleicht auch nicht. Alanna hat schon immer gern die temperamentvolle Diva gespielt und wegen allem und jedem genervt.“

Carol sah Binns hereinkommen. Sie stand auf. „Ms Jawalski, ich wäre Ihnen sehr dankbar, wenn Sie Kriminalassistentin Newsome den vollen Wortlaut Ihres Gesprächs wiedergeben könnten – alles, woran Sie sich noch erinnern. Das wäre uns eine Hilfe.“

Binns strahlte. „Lloyd Clancy ist jetzt in seiner Garderobe. Darf ich Sie hinführen?“

Im Vertrauen darauf, daß Anne die Vernehmung ordentlich zu Ende führte, sagte Carol zu Corinne: „Bitte entschuldigen Sie mich jetzt. Assistentin Newsome wird Ihnen noch ein paar Fragen stellen und einen späteren Termin mit Ihnen vereinbaren.“

Daß Carol sie einfach so stehen ließ, brachte Corinne ziemlich aus der Fassung. „Da gibt es noch eine Menge Dinge, die Sie wissen sollten, Kommissarin", sagte sie säuerlich. „Mit Sicherheit unterhalten wir uns noch."

Carol folgte Binns durch einen niedrigen breiten Flur, der hell erleuchtet war. Sie hörte das leise Summen der Klimaanlage, als sie über den grau-braun getupften Plüschteppich schritt. Der Flur glich allen anderen Fluren des Opernhauses. „Verirren Sie sich eigentlich nie?"

Die Frage amüsierte ihn offensichtlich. „Nein, aber ich kann mir denken, wieso Sie das annehmen. Es ist das weiße Birkenfurnier." Als sie fragend die Brauen hochzog, erklärte er: „Dieses helle Holz, das Sie überall sehen – in sämtlichen Gängen, in allen Räumen. Es ist einheimisches Holz aus New South Wales. Weiße Birke. Deshalb sieht alles so gleich aus."

Vor einer hellen Tür mit der Aufschrift *Mr. Clancy* deutete Binns auf die lange Reihe der Weidentruhen auf dem Flur. „Das sind die Garderobenkörbe, es ist ein traditionelles Transportmittel für die Kostüme."

Auf sein schüchternes Klopfen öffnete sich die Tür. Carol hatte Lloyd Clancy schon auf Fotos und im Fernsehen gesehen, nicht aber in natura, und sein einnehmendes Wesen verblüffte sie. Er war sehr kompakt gebaut, hatte eine imposante Adlernase, tiefliegende Augen und trug alte Jeans mit einem marineblauen Hemd. „Kommen Sie herein, Kommissarin Ashton", sagte er mit vornehm-theatralischer Geste. „Ich finde es sehr beruhigend, daß Sie die Aufklärung des Todesfalls übernommen haben."

„Ach wirklich?"

„Wirklich und wahrhaftig!" Er gluckste über ihren skeptischen Ton, führte sie durch einen winzigen Flur mit einem engen Bad auf der einen Seite und einem begehbaren Kleiderschrank auf der anderen in seine Garderobe. Auch die war ziemlich klein, eine Wand war verspiegelt und ringsum beleuchtet, an einer anderen hing über einer Konsole eine Übertragungsanlage, aus der leise Musik und Gesang ertönten. „Die Probe“, erklärte er bei ihrem Blick. „Ich muß im nächsten Akt auftreten, so weiß ich, wann ich dran bin.“ Er deutete auf ein etwas ramponiertes Sofa, und als sie Platz nahm, sagte er zu Binns: „Douglas, Kaffee wäre wunderbar. Wären Sie so freundlich?“

Die Garderobe war mit dem unvermeidlichen grau-braunen Plüschteppich und dem hellen Birkenholz ausgestattet. Seitlich befand sich ein großes rechteckiges Fenster, durch das sie aufs Wasser im Sonnenlicht sah. Eine Katamaranfähre glitt vorbei, und er bemerkte: „Eine herrliche Aussicht, nicht wahr? Leider habe ich kaum die Muße, sie zu genießen, und außerdem kann man sich leicht an allzuviel Schönheit gewöhnen, finden Sie nicht?“

„Vielleicht, obwohl der Hafen sich ständig verändert.“

Der amüsierte Ausdruck verschwand, auch das Lachen in seiner Stimme. „Ja, ständig verändert sich alles. Sie wollten mit mir über Collis sprechen.“ Er hatte sich vom Schminktisch einen Drehstuhl auf Rollen herangezogen, auf dem er sich rittlings niederließ. Er verschränkte die Arme auf der Lehne und sah sie aufmerksam an.

„Beginnen wir damit, wie er war, als Sie ihn zuletzt gesehen haben.“

Clancys Saloppheit wich, er wurde nachdenklich. „Ich kann kaum glauben, daß wir hier sitzen und über Collis' Tod reden. Es ist so ein Jammer...“

„Wann haben Sie ihn zuletzt gesehen?“ unterbrach Carol.

„Es war am Nachmittag seines letzten Tages. Er war hier – in meiner Garderobe. Wollte den Terminplan des nächsten Monats mit mir abstimmen. Er wirkte geistesabwesend, aber nicht niedergeschlagen. Natürlich wußte man das bei Collis nie so recht. Er war ein sehr verschlossener Mann.“

„Kamen Sie gut mit ihm aus?“

Er lächelte bedauernd. „Ehrlich gesagt, nicht besonders." Er schien sich Mühe zu geben, munter zu klingen. „Ich meine, es ist kein Geheimnis, daß eine Rivalität zwischen uns bestand. Tenöre sind oft konkurrent." Dann fügte er mit entwaffnender Offenheit hinzu: „Wissen Sie, in der Oper spielen wir alle diesen noblen Heldenpart. Und diese ganze Dramatik färbt auf unser Leben ab."

Was empfindest du wirklich? Bist du froh, daß du diesen Konkurrenten los bist? „Also stimmt die klischeehafte Meinung über die Opernwelt? Daß hier ein großer Futterneid herrscht?"

Er rang sich ein Lächeln ab. „Es brodelt förmlich."

„Und Collis Raeburn? Wo stand er in diesem Szenarium?"

Clancys Lächeln verschwand. „Er wollte ganz nach oben. Ein internationaler Superstar sein. Es war nicht nur diese Stimme – viele Sänger sind so begnadet. Was Collis von den anderen unterschied, war sein Antrieb, sein Ehrgeiz, seine Witterung für die große Chance. Oh, und sein Sinn fürs Theatralische. Seine PR-Agentin hat ihn auch nie zurückgepfiffen."

„Wer ist sie?"

„Anita Burgess. Sie haben sicher von ihr gehört."

Carol nickte, sie wußte, daß sie die Exfrau eines prominenten Politikers war, die jeden seiner Kontakte zur Öffentlichkeit genutzt hatte, um ihre kleine PR-Agentur zu einer der erfolgreichsten Australiens zu machen.

Clancy fuhr fort: „Und der große Erfolg von Collis erregte den Neid vieler Leute. Manche wollten ihn fertigmachen, manche wollten in seinem Kielwasser mitsegeln..."

„Und was wollten Sie?" fragte Carol direkt.

„Nun, Kommissarin, sicher ist Ihnen bewußt, daß ich selbst sehr erfolgreich bin", mokierte er sich. „Sie könnten uns als Zwillingsraketen sehen, die steil in den Himmel schießen."

„Haben Sie es so gesehen?“

„Ich habe Raeburn um seinen Erfolg beneidet“, erklärte er nüchtern. „Unglückseligerweise stieß meine Karriere mit der seinen zusammen, denn es schien unumgänglich, daß er mich in den Schatten stellen würde. Aber das war auch alles: Neid. Ich habe ihm nichts Böses gewünscht, und auf professioneller Ebene kamen wir gut miteinander aus. Ich kann aufrichtig sagen, daß ich seinen Tod sehr bedaure, denn er hatte eine großartige Stimme, und er hatte gerade erst begonnen, sein Potential in bezug auf die klassische Oper wahrzunehmen.“

„Sie sprachen von der professionellen Ebene. Wie verhielt es sich mit der persönlichen?“

„Ich haßte sein Draufgängertum“, antwortete Clancy mit zynischem Lächeln.

Douglas Binns war höchst verlegen. „Alanna Brooks hat einen schweren Migräneanfall bekommen. Sie ist jetzt in ihrer Garderobe, aber ich weiß nicht, ob sie mit Ihnen sprechen kann.“

Die Garderobe der Primadonna sah genauso aus wie die von Clancy, nur hatte sie die Vorhänge zugezogen, so daß es dämmrig war. Alanna Brooks füllige Gestalt ruhte in einem Sessel, sie hatte den Kopf auf die Hand gestützt. Ihr Gesicht war weiß, fast durchsichtig, und schmerzverzerrt. „Kommissarin Ashton, es tut mir leid, aber ich habe Douglas gebeten, mir ein Taxi zu rufen“, sagte sie dumpf. „Wenn ich einen dieser Migräneanfälle bekommen, geht es mir ganz furchtbar – rasende Kopfschmerzen, Sehstörungen, Übelkeit. Das einzige, was mir hilft, ist, mich ins Bett zu legen. Mir ist klar, daß Sie mich sprechen müssen, doch ich fürchte, das ist im Moment unmöglich.“

„Würden Sie mir sagen, wann Sie Mr. Raeburn zuletzt gesehen haben?“

Alanna Brooks wühlte in ihrer Tasche, zog eine Sonnenbrille hervor und setzte sie auf. „Gott, ich fühle mich so elend."

„Ms Brooks?"

„Ja, Collis... Ich sah ihn am Samstagnachmittag hier in der Garderobe. Mit keinem Wort hat er mir angedeutet, daß er das tun würde, was er getan hat."

Douglas Binns klopfte. „Das Taxi ist da."

Behutsam erhob sich die Diva. „Ich glaube, mein Kopf zerspringt... Kommissarin, kann ich Ihre Fragen morgen beantworten? Ich spreche mit Ihnen, sobald ich kann."

„Sehr gelegene Migräne?" bemerkte Carol, während sie mit Anne zum Wagen ging.

„Vielleicht muß sie erst mal die wenig schmeichelhaften Bemerkungen verdauen, die Corinne Jawalski über sie machte, nachdem Sie gegangen sind", sagte Anne. „Über die Sänger äußerte sie sich ja noch relativ zivil, aber an den Sängerinnen, vor allem an ihren Konkurrentinnen, den Sopranistinnen, ließ sie kein gutes Haar."

„Bei der Oper geht es offenbar auch nicht anders zu als bei der Polizei", bemerkte Carol trocken. „Auch bei uns mußt du aufpassen, daß kein Kollege dir an den Karren fährt."

Sie ignorierte Annes verdutzten Gesichtsausdruck, denn sie wunderte sich selbst, daß sie diesen Gedanken formuliert hatte.

„Haben Sie Corinne über ihre private Beziehung zu Raeburn befragt?" Carols Ton war jetzt durch und durch amtlich.

„Sie sagte wortwörtlich: Wir waren enge Freunde und Kollegen", erwiderte Anne schmunzelnd.

„Und was glauben Sie?"

Anne schüttelte den Kopf. „Unter all dieser Gehässigkeit spürte ich einen wirklichen Kummer. Womöglich hat sie ihn geliebt."

„Ja, wir sollten dem nachgehen. Ich habe da noch etwas für Sie. Das *Handbuch zur Sterbehilfe* ist in Folie eingeschweißt und wird nur an Leute über achtzehn gegen Vorlage eines Ausweises verkauft. Die meisten Buchhandlungen lassen sich den Führerschein zeigen." Carol lächelte über Annes wenig begeisterte Miene. „Ja, ich weiß, daß das ein großer Aufwand ist und eher ein Schuß ins Blaue, trozdem möchte ich, daß Sie überprüfen, wo Raeburn das Buch, sagen wir in den letzten Monaten, gekauft haben mag. Er ist sehr bekannt, vor allem durchs Fernsehen, deshalb besteht die Möglichkeit, daß sich jemand an ihn erinnert. Und wenn wir herausfinden, daß er das Handbuch tatsächlich gekauft hat, wird es die Selbstmordthese ganz sicher erhärten."

„Seine Fingerabdrücke waren doch auf dem Buch."

Carol griff einen Gedanken auf, dem sie bisher noch nicht weiter nachgegangen war. „Ja, Anne, die Fingerabdrücke. Das Buch wurde in Folie eingeschweißt auf den Markt gebracht, somit war zu erwarten, daß seine Abdrücke die einzigen auf dem Buch waren. Ich möchte aber ganz genau wissen, wo er das Buch angefaßt hat. Wie mir scheint, ist es eine sehr geeignete Requisite, um einen Selbstmord vorzutäuschen." Lächelnd fügte sie hinzu: „Und falls Sie es zeitlich schaffen, kümmern Sie sich mal um Raeburns PR-Agentin, Anita Burgess. Und knöpfen Sie sich auch Corinnes Mitbewohnerin vor. Es würde mich interessieren, ob Raeburn tatsächlich angerufen hat und wann."

***

„Du wolltest doch Pat sprechen", sagte Bourke, als sie ins Büro kam. „Ich treffe sie mittags zum Lunch und habe sie gebeten, etwas früher zu kommen für den Fall, daß du Zeit für ein bißchen Opernklatsch aus erster Hand hast."

Seit sie wußte, daß Mark und Pat eine feste Beziehung

hatten, betrachtete sie Pat mit anderen Augen. Ihre offene Art gefiel Carol immer mehr, und sie merkte zunehmend, wie glücklich Mark mit ihr war. „Wann wird Pat hier sein?"

„Etwa in einer halben Stunde."

„Prima. Ich gehe mit ihr einen Kaffee trinken, und du kannst sie anschließend abholen." Dann fügte sie stichelnd hinzu: „Letzte Einsatzbesprechung zur Hochzeit beim Mittagessen?"

Er lachte. „Glaub ja nicht, daß ich's nicht packe. Ich finde es nur unglaublich, was für ein Aufwand das ist, nur um unter die Haube zu kommen."

Carol wollte gerade frozzeln, wie aufgeregt ein frischgebackener Bräutigam sich beim erstenmal anstellt, als ihr einfiel, daß Mark ja schon einmal verheiratet war. Er hatte seine Frau und sein Kind bei einem Bootsunglück verloren. Auch wenn er nie mit ihr darüber sprach, wußte sie doch, daß diese Tragödie wahrscheinlich sein ganzes Leben überschattete. Sie stellte sich vor, wie es für sie wäre, wenn ihr Sohn stürbe. Sie liebte David so bedingungslos wie keinen anderen Menschen. Eine so totale Liebe hatte sie nie wieder zugelassen, und sie bereute bitterlich, daß sie sich damals überreden ließ, ihn seinem Vater zu überlassen.

„Heiraten ist eine einfache Sache", sagte sie leichthin. „Schwierig wird's erst danach."

„Danke für deine Ermutigung." Er reichte ihr eine Gesprächsnotiz. „Madeline Shipley hat angerufen. Sie möchte, daß du sobald wie möglich zurückrufst."

Carol war überrascht, wie sehr sie sich freute, bei ihrem Namen empfand sie einen leisen, aufgeregten Stich. „Hat sie gesagt, warum?"

Er schnaubte. „Das wissen wir doch wohl beide. Schließlich gehört sie zu denen, die den Wirbel um Raeburn schüren. Und die Tatsache, daß sie dich persönlich kennt, nutzt sie eben, so gut sie kann."

Madeline Shipley, eine der erfolgreichsten Persönlichkeiten des australischen Fernsehens, hatte im Vorabendprogramm eine eigene Sendung, den Shipley-Report, der seit jeher unangefochten hohe Einschaltquoten verzeichnete – zu einer Stunde mit erbarmungsloser Konkurrenz, um die Zuschauer für den Rest des Abends bei der Stange zu halten. Sie erfüllte nicht nur die Bedingungen des Fernsehens an Frauen, attraktiv auszusehen und charmant zu sein, sondern war obendrein intelligent, professionell und, wenn nötig, ausgebufft und knallhart. Diese zierliche Gestalt besaß eine eiserne Willenskraft und brachte mit größter Beharrlichkeit selbst die verschlossensten Gesprächspartner zum Reden.

Und für Carol hatte Madeline noch eine andere Anziehungskraft – sie gehörte zu den ganz wenigen Menschen, bei denen sie aus ihrem Herzen keine Mördergrube machen mußte. Madeline kannte ihr Privatleben, wußte nicht nur von ihr und Sybil, sondern verstand außerdem – da sie selbst eine Dunkellesbe war –, was das für ein Balanceakt zwischen Berufs- und Privatleben war. Sie teilte Carols Überzeugung völlig: „Sag öffentlich, daß du lesbisch bist, und die Leute werden dir ins Gesicht sagen, wie mutig du bist, niemandem etwas vorzumachen, und wie sehr sie dich bewundern. Und dann kannst du dich von deiner Karriere verabschieden."

Als sie Madeline Shipleys Privatnummer wählte, freute sich Carol darauf, ihre Stimme zu hören, ihr dunkles bezauberndes Lachen.

Beim dritten Läuten nahm Madeline ab. „Carol, warum machst du dich in letzter Zeit so rar? Wie geht's dir? Und Sybil?"

„Sybil geht's gut." Madeline konnte ja nicht wissen, wie angespannt die Situation momentan war.

Nach einer kurzen Pause sagte Madeline mit einem rätselhaften Unterton: „Das ist fein."

Carol sah sie förmlich vor sich, den spöttischen Ausdruck

in ihrem Gesicht. Um jede persönliche Nachfrage abzuschneiden, fragte Carol: „Was kann ich für dich tun?"

Bei ihrem amtlichen Ton gluckste Madeline. „Keine Zeit für ein Pläuschchen, was? Nun, Carol, du weißt ganz gut, was du für mich tun kannst. Vielleicht weißt du, daß ich eine Fernsehsendung über Collis Raeburn und die Eureka Oper vorbereite. Wegen seines Todes ist die Sendung vorgezogen worden, deshalb bitte ich dich um jedes grausige Detail, das du mir geben kannst."

„Darauf erhältst du die übliche Antwort."

„Nein, das denke ich nicht", erwiderte Madeline sehr überzeugt. „Ich habe dir nämlich im Gegenzug etwas zu bieten. Geh heute abend nach der Sendung mit mir essen, und ich werde dir etwas sehr Interessantes erzählen."

Carol mußte unwillkürlich lächeln. *Ich möchte sie tatsächlich gern sehen*. „Woher weiß ich, daß es sich für mich lohnt?"

„Ein kleines Stichwort sollte reichen", antwortete Madeline. „Wie wär's mit HIV-positiv?"

5

Edward Livingstons Sekretärin war es offensichtlich gewohnt, unliebsame Anrufe abzuwimmeln. „Tut mir leid, Kommissarin, aber Mr. Livingston kann im Augenblick nicht ans Telefon kommen, und ich weiß nicht, wann er frei ist. Kann ich ihm etwas ausrichten?"

Carol sagte in amtlichem Ton: „Ich ermittle im Todesfall Collis Raeburn. Bei der Vernehmung wurden mir vertrauliche Informationen über Mr. Livingston zugespielt, die mich zu der Annahme veranlassen, daß er wesentlich zu den Ermittlungen beitragen kann. Aus diesem Grund muß ich ihn so bald wie möglich sprechen."

„Tut mir leid, aber..."

Ein sonorer Bariton unterbrach sie: „Kommissarin Ashton? Jemand hat Gerüchte über mich verbreitet, stimmt's?"

Dieser Provokation konnte er denn wohl doch nicht widerstehen. Carol verabredete mit dem umstrittenen Opernintendanten einen Termin am Nachmittag.

„Hören Sie, Kommissarin, wählen wir neutralen Boden. Wie wär's mit dem Straßencafé gegenüber der Oper? Wir könnten dort in der Sonne sitzen und unsere Geheimnisse mit den Möwen teilen."

Sie lehnte sich gerade in ihrem Stuhl zurück, um die Fragen, die sie ihm stellen wollte, zu überdenken, als Mark seine künftige Frau in ihr Büro führte. Sein Gesicht zeigte unverhohlenen Stolz, er sah Pat so liebevoll an, daß Carol das Herz aufging.

In gut einer Woche würde sie zusehen, wie die beiden

den Bund fürs Leben schlossen. Welch eine Ironie – die Hochzeit, die Pat und Mark verbinden würde, hatte zu dem Konflikt geführt, der Sybil zum Auszug veranlaßte. Carol gelang es nicht, ihre Verlustgefühle und ihre Verletztheit und Wut auseinanderzudröseln.

„Fertig?" fragte Pat.

Pat James strotzte vor Gesundheit in einer Art, die Carol aus unerfindlichen Gründen immer mit Teamsport in Verbindung gebracht hatte: mit Basketball oder Hockey oder ganz allgemein mit einem „Pfundskerl". Sie war fast so groß wie Bourke, doch neben seiner kräftigen schweren Gestalt wirkte sie rank und graziös.

Sie grinste Carol an. „Schmeißen wir die Brocken hin und gehen Kaffeetrinken, hm? Oxford Street?"

Carol griff nach ihren Sachen. „Mark, wir sind im Stammcafé. Hol Pat dort ab, wenn du soweit bist, um essen zu gehen."

„Ich bin jetzt soweit."

„Das bist du nicht. Ich brauche noch Einzelheiten über Edward Livingston und seine finanzielle Situation... und ich möchte, daß du heute nachmittag mitkommst, da hab' ich ihn nämlich auf einen Termin festgenagelt."

Auf der Oxford Street herrschte wie üblich ein buntes Treiben, alle möglichen Nationalitäten, sexuellen Orientierungen, exzentrischen Paradiesvögel flanierten umher. Die eine Hälfte der Oxford Street hatte etwas von Bohème, Ausgeflipptheit und buntem Trubel – eine allseits akzeptierte Mischung bis hin zum Sandsteingebäude des Gerichts am Taylor Square, wo das Geld und die Eleganz Paddingtons den vitalen Charme dämpften und kultivierten.

Das Café war eine italienische Bar – sauber und immer voll. Nachdem sie für sich Espresso und Cappucino für Pat bestellt hatte, fragte Carol: „Was reden die Leute über Raeburns Tod?"

„Die Kunst- und Kulturwelt ist aufgewirbelt. Gestern abend

gab es in der Galerie eine Vernissage asiatischer Kunst, und glaub mir, Carol, auf der ganzen Cocktailparty war Collis Raeburn das Hauptgesprächsthema. Natürlich wußte niemand irgendwas Genaues, aber mit solchen Kleinigkeiten hält sich ja niemand auf."

Carol zuckte zusammen, als Pat den dritten Löffel Zucker in ihren Kaffee tat. Sie trank einen Schluck, zog eine Grimasse und rührte ihn heftig um. Das Wort, das Pat am besten beschrieb, war lebenslustig, sie lachte gern, und wenn sie sich richtig amüsierte, auch schallend. Sie hatte eine respektlose offene Art, die in Kunst- und Kulturkreisen, in denen sie sich aufgrund ihrer Position in der Kunstgalerie von New South Wales bewegte, nur selten anzutreffen war.

„Über seinen Tod herrscht echte Trauer. Er hatte wirklich eine ganz außergewöhnliche Stimme..." Das brachte sie auf einen Gedanken. Schmunzelnd fragte sie: „Carol, wollen wir wetten? Um zehn Dollar, daß jemand bei Raeburns Begräbnis sagt: ‚Einen wie ihn werden wir nicht noch einmal erleben!' Schlägst du ein?"

„Ich wette nie um Dinge, die klar sind."

Pat sah sie nachdenklich an. „Kein Zweifel, daß die Raeburns Himmel und Hölle in Bewegung setzen. Kenneth Raeburn ist ein skrupelloser kleiner Wichtsack, der sich mit Vorliebe aufspielt – allerdings habe ich gehört, daß sein Sohn ihm den Stuhl vor die Tür setzen wollte."

Carol war völlig verblüfft. „Wie das?"

„Er wollte ihn aus der Gesellschaft werfen. Collis Raeburn hat seinen Vater und seine Schwester engagiert, um seine Karriere zu vermarkten und sich um die Finanzen zu kümmern. Aber Kenneth hat mehr Arroganz als Vernunft, und Collis beabsichtigte, einen professionellen Manager einzusetzen. Das wäre für seinen Vater eine peinliche Sache geworden, denn dann hätte es eine Buchprüfung gegeben. Meiner Schätzung nach wäre bei der Revision herausgekommen, daß Kenneth Raeburns Geschäftstüchtigkeit ziemlich zu wünschen übrig ließ."

„Somit hat Collis' Tod ihn aus dieser Klemme befreit?"

Pat grinste ironisch. „Mark erzählt mir zwar nichts über die Untersuchung, aber man munkelt, daß du mit der Ermittlung betraut worden seist, weil du hohe Glaubwürdigkeit hast, und wenn du sagst, es war nur ein schrecklicher Unfall, wer will das in Abrede stellen?"

Hältst du mich etwa für käuflich? Glaubst du, ich gäbe mich dafür her? lag es Carol auf der Zunge. Doch eine solche Bemerkung hätte impliziert, daß sie glaubte, Pat hielte so etwas für möglich.

„Es ist absolut klar", sagte Pat grimmig, „daß ein astreiner Unfalltod für die Familie das beste Ergebnis wäre, besonders ein Unfall, bei dem nur verschriebene Drogen eine Rolle spielten."

„Was heißt das?"

„Collis wurde nachgesagt, er sei ein recht guter Drogenkunde gewesen, vor allem für Kokain. Es wird kolportiert, daß er sich versehentlich durch einen Cocktail illegaler Substanzen vergiftet hat. Eine andere Clique behauptet, er sei an unerwiderter Liebe gestorben."

„Für wen?"

„Carol, ich bewundere deine Grammatik. Er soll eine Affäre mit Corinne Jawalski gehabt haben, aber manche Leute glauben, das sei bloß eine Tarnung für seine wahre Affäre mit Graeme Welton gewesen. Und um das Ganze noch etwas zu würzen: Man munkelt, er hätte früher mal eine leidenschaftliche Romanze mit Alanna Brooks gehabt."

Carol bestellte noch mal das gleiche und sagte: „Sicher der übliche PR-Schmonzes, daß der Tenor eine Liebesgeschichte mit der Primadonna hat. Auch wenn's nicht stimmt, gibt es einem Duett etwas Pikantes."

„Wer hätte gedacht, daß du so zynisch bist!"

„Tja, wer hätte das gedacht." Carol grinste. „Gab es irgendeinen Kommentar über Edward Livingston? Er tut sein Bestes, mir nicht zu begegnen."

„Edward Livingston, der große Impressario! Wäre er nur halb so gut, wie er glaubt, wäre die Eureka Oper so renommiert wie die Australische Oper." Als Carol fragend die Stirn runzelte, grinste sie. „Nein, ich persönlich habe kein Hühnchen mit ihm zu rupfen, es ist nur, daß er sich so ungemein wichtig nimmt, und wenn irgendwas an seinen großartigen Plänen, die Oper zu modernisieren, schiefgeht, ist es nie seine Schuld – immer ist es jemand anders, der ihm die Sache versaut hat. Zum Beispiel war er fuchsteufelswild, als seine verrückte Fernsehversion von *Madame Butterfly*, für die er Werbung gemacht hat wie für ein Footballmatch, in den Einschaltquoten total abgestürzt ist. Natürlich hatte er sofort einen Sündenbock: Collis habe sein großes Werk verhunzt und den Pinkerton, den Außerirdischen, hundsmiserabel rübergebracht."

Carol dachte daran, wie schrecklich es sein mußte, in einer so dramatisch überfrachteten Atmosphäre zu arbeiten, und sagte: „Mir scheint, daß der Zusammenprall großer Persönlichkeiten in der Opernwelt nicht außergewöhnlich, sondern eher an der Tagesordnung ist."

Pat gluckste. „An Egozentrikern mangelt es jedenfalls nicht. Trotzdem müssen erfolgreiche Künstler, egal auf welchem Gebiet, topprofessionell sein, sonst halten sie sich nicht lange. Das heißt, es blitzt und donnert zwar oft gewaltig, aber es gibt keinen Regen. Nur bei unserem Edward ist das anders. Er ist einer der nachtragendsten Typen des Jahrhunderts, und Collis ist einmal zu oft mit ihm aneinandergerasselt."

„Es war ein offener Streit?"

„Allerdings. In allen Zeitungsberichten wurde schon seit Wochen unterschwellig darauf verwiesen. Livingstons Hang zur Diffamierung sorgte dafür, daß niemand sich öffentlich über ihn ausließ, aber alle wußten, daß die beiden überkreuz standen und Collis sich nach Kräften bemühte, aus dem Vertrag mit Eureka auszusteigen."

Nachdenklich trank Carol ihren Kaffee. „Ich habe auch von einer Rivalität mit einem Kollegen gehört. Was ist mit Lloyd Clancy?"

„Ach", sagte Pat aufgekratzt, „was tatsächlich mit ihm ist? Eine gewichtige Person des gesellschaftlichen Lebens, deren Name dich ziemlich verblüffen dürfte, verriet mir im Vertrauen, in ihren Kreisen herrsche die Meinung, daß Lloyd nachgeholfen habe, ihn zum Chor der Engel in den Himmel zu befördern."

„Durch Mord oder Beitrag zum Selbstmord?"

„Entweder, oder. Und bevor du nach dem Motiv suchst, denk dran, daß die Welt der Oper ungemein stressig und anspruchsvoll ist – auf der Bühne machen sie süße Musik, und dahinter finden brutale Führungskämpfe statt. Nur Sieger kommen ganz nach oben, die anderen enden unter ‚ferner liefen' entweder im Chor, werden zu Nebenrollen verdammt oder flüchten zu weniger anspruchsvollen Gesangskarrieren. Lloyd ist älter als Collis und hatte seine Karriere gefestigt, doch langsam, aber sicher überholte man ihn."

Carol spielte mit der Süßstoffdose. „Willst du damit im Ernst andeuten, daß es ein hinreichendes Motiv für Mord ist?"

Pat lachte. „Carol, du weißt doch, daß ich nie ernst bin, aber wenn ich es wäre, würde ich auf Nicole Raeburn tippen. Wenn je ein Mensch in inzestuöser Liebe entflammt ist, dann sie."

„Wenn das stimmt, wurde sie erwidert?" Carol dachte an die erregte Intensität seiner Schwester.

„Wer weiß? Doch ob so oder so, diese Frau ist nicht im Gleichgewicht. Es ist kaum übertrieben zu sagen, daß Collis ein Gott für sie war."

„Dann hätte sie seinen Tod ja wohl nicht gewünscht."

„Falls sie eifersüchtig genug ist, vielleicht doch", sagte Pat im Brustton der Überzeugung. „Und nichts ist schrecklicher als verspottete Liebe."

***

Carol hatte schon fast einen Kaffeerausch, als Edward Livingston sich zu ihr an den runden weißen Tisch mit dem Sonnenschirm setzte. Die ersten heißen Frühlingstage wirkten wie Vorboten baldigen Sommers, die Sonne erwärmte die kühle Brise vom Wasser her. Lautstark buhlten die Möwen umeinander oder jagten sich das Futter ab. Die anderen Tische waren von Touristen besetzt, die ein Sonnenbad nahmen, fotografierten oder die müden Füße ausruhten. Hinter der Promenade ragte das unverwechselbare Dach des Opernhauses hell in den blauen Himmel. Der Hafen vor ihnen glitzerte im Sonnenlicht, Boote tummelten sich auf dem Wasser, und linkerhand spannte sich die Harbour Bridge von Nord nach Süd über die Bucht wie ein gigantischer Stahlbügel.

„Schönes Wetter", sagte Livingston.

„Fast wie im Sommer", antwortete Carol freundlich.

Er gluckste bei ihrem Ton. „Genug der Höflichkeiten. Also zur Sache: Was für Geschichten über mich hat man Ihnen gesteckt?"

Umstritten oder nicht, dachte Carol, *er sieht eigentlich wie ein typischer Buchhalter aus.* Er trug einen konservativen anthrazitgrauen Anzug mit dunkelgrüner Seidenkrawatte, sein braunes Haar war akkurat kurzgeschnitten, und abgesehen von der feinen weißen Zickzacknarbe auf seiner Wange war sein Gesicht nicht bemerkenswert. Das einzig Auffällige war seine Stimme, ein tiefer voller Bariton, der anschwoll und abklang wie ein Instrument, obwohl seine Atemtechnik Carol nach kurzer Zeit irritierte.

„Wann hatten Sie zuletzt Kontakt mit Collis Raeburn?" fragte sie.

„Ach, ich weiß nicht... Eine Woche vor seinem Tod vielleicht."

Carols Augenbrauen zuckten fragend hoch. „Daß Sie es nicht genauer sagen können, überrascht mich. Ein so plötzlicher Tod schärft im allgemeinen die Erinnerung an eine letzte Begegnung."

„Ihre Kenntnisse in diesen Dingen in allen Ehren, Kommissarin, aber ich bin sehr beschäftigt, ich weiß es wirklich nicht mehr. Womöglich hat meine Sekretärin den Termin in meinem Kalender notiert..."

„Sollte sich herausstellen, daß sein Tod kein Unfall war, würde Sie das überraschen?"

„Gibt es denn irgendeinen Zweifel daran, daß Collis sich nicht umgebracht hat?"

„Haben *Sie* einen Zweifel daran?" konterte Carol.

Bis jetzt hatte Livingston ganz ruhig dagesessen, doch nun massierte er mit dem Finger die Narbe auf seiner Wange. „Collis war Künstler. Gemütsschwankungen bringt das Metier so mit sich."

„Glauben Sie das wirklich?"

Er gab sich einen Ruck, um gelassen zu erscheinen, und lehnte sich in seinen Stuhl zurück. „Kommissarin", sagte er, indem er die Hände offen auf den Tisch legte, „ich habe tagtäglich mit diesen Leuten zu tun. Für ihre begeisterten Anhänger sind sie göttergleich, und die Welt liegt ihnen zu Füßen, doch für mich sind sie eher wie Kinder, die Aufmerksamkeit heischen, sich aufspielen, sich ins Rampenlicht drängeln..."

Im stillen fragte sich Carol, wie viele Klischees Edward Livingston wohl noch in einen Satz packen konnte. „Collis Raeburn litt sicher nicht unter Mangel an Aufmerksamkeit und Rampenlicht", bemerkte sie.

„Stimmt, aber das hat ihn ja zum Erfolg getrieben", antwortete Livingston fast blasiert. „Collis war niemals *je* zufrieden. Er konnte gar nicht genug Aufmerksamkeit bekommen, Ruhm war für ihn wie eine Droge. Je mehr er bekam, desto mehr lechzte er danach."

Sie bezwang ihre Ungeduld, auch wenn sie überzeugt war, daß sie hier die üblichen Klischees zu hören bekam, die der routinierte Livingston ständig im Mund führte. „Weshalb also sollte er sich umbringen?" fragte sie ihn auf den Kopf zu.

Livingston spitzte wissend die Lippen. „Collis war im Berufsleben äußerst erfolgreich. Im Privatleben aber nicht."

Carol wartete.

„Kommissarin, lassen Sie sich gesagt sein, daß die Atmosphäre der großen Oper einem Tollhaus gleicht. Emotionen, Haß, Leidenschaft – total überspitzt, größer als alles Leben. Alanna Brooks ist seit vielen Jahren Collis Partnerin, und sie waren gute Freunde. Aber dann erschien eine jüngere, eine sehr talentierte Sopranistin auf der Bildfäche..."

„Corinne Jawalski", fühlte Carol sich bemüßigt, die Pause zu füllen.

„Corinne hat sich kaltblütig in den Kopf gesetzt, eine Affäre mit Collis zu haben, damit sie ihn überreden kann, Alanna durch sie als seine Partnerin zu ersetzen. Unglückseligerweise hat sich Collis bis über beide Ohren in sie verliebt. Offen gesagt, ich habe ihn gewarnt, aber er wimmelte mich einfach ab. Ich sagte ihm, daß sie ihn nur benutzt, um auf leichte Weise ihre Konkurrenz auszustechen, doch er war so vernarrt in sie, daß er wütend wurde, weil ich sie kritisierte."

„Wäre sie denn in der Lage gewesen, Alanna Brooks so einfach zu ersetzen?"

Er lachte bitter. „Oh, Corinne war felsenfest davon überzeugt, nur war das sehr unwahrscheinlich, weil letztendlich ich das Sagen habe."

„Ich hätte gedacht, daß jemand von Raeburns Kaliber

dabei ein Wörtchen mitzureden hat..." Sie beobachtete seine Reaktion.

Sein Mund wurde schmal. „Reines Wunschdenken, in den meisten Fällen. Ich bin gern bereit, auf vernünftige Wünsche einzugehen, aber Alanna war ein garantierter Kassenschlager. Corinne ist ja erst auf dem Weg nach oben, vielleicht schafft sie's auch nicht bis zur Spitze. Mehr als das: Die beiden Stimmen sind einfach verschieden. Corinne hat einen glockenhellen, leichten Sopran, einen großen Stimmumfang in den hohen Lagen – aber es ist eine junge Stimme. Alannas Stimme ist voll ausgereift, auch wenn ihr Stimmumfang in den Höhen nicht mehr ganz so groß sein mag. Doch die reiche Ausdruckskraft, die Stimmqualität macht es wett."

„Heißt das, Sie würden Alanna Brooks den Vorzug geben?"

Die Frage irritierte ihn offensichtlich. „Anzunehmen", sagte er bissig.

Carol schlug einen freundlichen Ton an. „Die Wahl der Primadonna war also ein Streitpunkt zwischen Ihnen und Mr. Raeburn?"

„Das ist zuviel gesagt", erwiderte er mit Nachdruck. „Ich sagte Ihnen ja bereits, daß Collis keine Kritik vertrug, das ist alles."

In diesem Moment sah Carol, wie Mark Bourke auf sie zukam. Sie stellte ihn Livingston vor, der kurz lächelte, dann ostentativ seine Uhr zog. „Kommissarin, Inspektor – ich habe wirklich nicht sehr viel Zeit..."

Bourke öffnete den Reißverschluß einer dünnen braunen Aktenmappe. „Mr. Livingston", sagte er freundlich, „ich frage mich, ob Sie uns einige finanzielle Dinge zu erklären bereit wären."

„Finanzielle Dinge?" fragte Livingston verdutzt.

„Auch ein paar Vertragsangelegenheiten", erklärte Mark. „Wie wir wissen, hatten Sie ein Vorgespräch mit Ihren Anwälten über den möglichen Versuch Raeburns, seinen Vertrag mit der Eureka Oper zu lösen und vor allem seine Verpflichtung, die Hauptrolle in *Dingo* zu singen."

„Dies waren rein administrative Angelegenheiten." Livingstons voller Bariton klang ärgerlich.

„Er war Eurekas Spitzenstar, nicht wahr?" Und als Livingston nickte, fuhr Mark fort: „Ich nehme an, falls er seinen Vertrag mit der Operngesellschaft gelöst hatte, wäre das finanziell und künstlerisch ein großer Verlust gewesen?"

„Das ist anzunehmen."

Carol warf ein: „Uns ist zu Ohren gekommen, daß er über Graeme Weltons neue Oper sehr unglücklich war."

„Collis war Sänger, kein Komponist", fuhr Livingston sie an. „Er konnte den Erfolg von *Dingo* überhaupt nicht einschätzen."

„Kenneth Raeburn sagte uns, die Oper sei, ich zitiere ihn, ein totales Fiasko." Gespannt wartete Carol, wie er auf die Erwähnung des Vater reagierte.

„Kenneth Raeburn", höhnte Livingston, „ist ein aufgeblasener kleiner Pinsel, der das Glück hatte, einen Sohn zu haben, der singen konnte. Und er hat abgezockt, was das Zeug hielt. Warum werfen Sie nicht mal einen Blick auf *seine* finanziellen Transaktionen? Ich denke, da entdecken Sie, daß er Collis seit Jahren betrügt."

Bourke blätterte in seinen Papieren. „Stimmt es, daß Eureka dicht vor der Pleite steht?"

„Nein, das stimmt nicht. Die große Oper ist eine ungeheuer kostspielige Unternehmung, Inspektor, aus diesem Grund brauchen die Opern-Gesellschaften Subventionen vom Staat und Sponsoren. In dieser Hinsicht unterscheidet sich Eureka nicht von anderen Institutionen im australischen Kunst- und Kulturbetrieb."

„Aber wäre eine gerichtliche Auseinandersetzung mit einem Spitzenstar die Gesellschaft nicht teuer zu stehen gekommen, sowohl was die Kosten als auch die künftigen Subventionen anbelangt?"

Livingston starrte Bourke an. „Zu einer gerichtlichen Auseinandersetzung wäre es nicht gekommen! Ich habe mit Collis gesprochen, und wir haben unsere Differenzen beigelegt. Er war sehr zufrieden, die Hauptrolle in *Dingo* zu singen."

Mit bewußt höflicher Skepsis hakte Carol nach: „Also waren all Ihre Probleme mit Raeburn gelöst?"

„Ja."

„Wie es scheint, hat er niemand gesagt, daß Sie sich in diesem Punkt geeinigt haben."

Livingston machte eine ungeduldige Handbewegung. „Dazu hätte er auch kaum die Zeit gehabt, Kommissarin. Wir besprachen das an dem Tag, als er starb."

„Das erstaunt mich aber ein wenig", sagte Carol, „denn noch vor wenigen Minuten konnten Sie sich nicht erinnern, wann Sie das letztemal mit ihm geredet haben. Sie glaubten, es sei vor einer Woche gewesen oder so..."

Livingston strich sich seine Krawatte glatt. „Offen gesagt, Kommissarin", erklärte er mit verkniffenem Lächeln, „ich hatte gehofft, ein Gespräch über diese Auseinandersetzung mit Collis vermeiden zu können. Ich meine, es hätte kein gutes Licht auf ihn geworfen, und nach der Tragödie hielt ich es für falsch, etwas hervorzuzerren, das ja mit seinem Tod ziemlich akademisch geworden war."

„Also haben Sie bewußt gelogen?"

„Nun ja, wenn Sie es so nennen wollen. Aber es hat ja niemandem geschadet, verstehen Sie?"

„Im Gegenteil, Mr. Livingston. Wenn, wie Sie sagen, dieser Hauptkonflikt *tatsächlich* gelöst worden ist, so hätte das einen Einfluß auf seine Verfassung gehabt."

„Kommissarin Ashton, es tut mir leid", korrigierte er sich hastig. „Entschuldigen Sie, daß ich Sie in irgendeiner Weise in die Irre geführt habe."

„Wann und wo haben Sie mit Raeburn gesprochen?"

Ihr kühler Ton machte ihn kleinlaut. „Am Nachmittag. Wann genau, weiß ich nicht mehr, aber es war hier in der Oper, ehe er ins Hotel gegangen ist."

„Vor oder nach dem Gespräch mit Lloyd Clancy?"

Livingston massierte seine Narbe. „Das kann ich Ihnen nicht sagen."

Carol fand, daß Mark sehr entspannt aussah, als er nun in seiner entwaffnenden Art fragte: „Und wie ich annehme, war sonst niemand zugegen?"

„Nein. Niemand."

„Und Sie haben auch niemandem davon erzählt?"

„Das hätte ich schon noch getan, aber als er starb..."

„Ach ja, als er starb", echote Bourke mit höflichem Bedauern. „Also noch einmal im Klartext. Sie sprachen mit Raeburn am Samstagnachmittag, und von seinem Tod können Sie frühestens Montag erfahren haben. Ich verstehe nicht, warum Sie diese gute Nachricht über *Dingo* nicht Graeme Welton erzählt haben."

„Ich kam nicht dazu... Und außerdem war es Wochenende..."

„Würden Sie sagen, daß Sie und Graeme Welton gute Freunde sind?"

Livingston starrte Carol an. „Freunde? Eher Kollegen, würde ich sagen. Warum?" Und noch ehe sie antworten konnte, blaffte er wütend: „Was hat er über mich gesagt? Er ist der geborene Lügner, wissen Sie. Was für eine Geschichte er Ihnen auch aufgetischt haben mag, nichts davon ist wahr."

Bourke ignorierte seinen Ausbruch. „Wären Sie so freundlich, uns zu sagen, wo Sie Samstag und Sonntag gewesen sind?"

„Warum?"

„Um uns bei der Untersuchung zu helfen", antwortete Mark ein wenig erstaunt.

***

Nicole Raeburn in Begleitung eines nervösen, mürrischen Graeme Welton saß wartend im Flur, von Anne Newsome bewacht, als Carol zurückkam. Carol führte sie in ihr Büro, dann nahm sie Anne beiseite. „Haben Sie das Tagebuch gefunden, das Martha Brownlye erwähnt hat?"

„Nein. Unter den Papieren, die aus dem Haus mitgenommen wurden, ist es nicht. Ich habe Martha angerufen und sie gebeten, Kenneth Raeburn zu fragen, ob er es genommen hat, doch er sagte, er hätte es nicht angerührt. Sie hat es mir ganz genau beschrieben für den Fall, daß wir es übersehen haben zwischen all den Sachen, aber ich hab's noch mal überprüft, und es ist tatsächlich nicht da."

Vor dem fahlen Hintergrund des anonymen Amtsstubenmobiliars und der gedeckten Farben in Carols Büro hob sich Nicoles bonbonrosa Kleid leuchtend ab. „Kommissarin Ashton! Ich mußte Sie einfach sehen!" sagte sie mit dramatischer Geste, dann fügte sie stirnrunzelnd mit schräggelegtem Kopf hinzu: „Sie wollten uns unten nicht reinlassen. Redeten irgendwas von Sicherheit oder so, aber da habe ich Krach geschlagen, und Ihre Assistentin kam und hat Welty und mich raufgeholt. Ich mag sie. Wie heißt sie?"

„Kriminalassistentin Anne Newsome."

Nicole kicherte. „Der Titel soll uns wohl daran erinnern, daß Sie Polizeibeamtinnen sind?" fragte sie spitzbübisch und wandte sich an Welton: „Fühlst du dich ein bißchen eingeschüchtert, Welty?"

Graeme Welton machte den Eindruck, als sei er hier nur geduldet. Er gab einen vagen Laut von sich, lehnte sich auf dem Stuhl zurück und trommelte auf die Stuhllehne.

Nicole Raeburn trug ein Kleid mit vielen Rüschchen und Schleifchen, für Carol fiel es in die Kategorie „Puppenkleidchen", Nicole wirkte jung und hilflos wie ein kleines Mädchen, wozu auch ihre extreme Magerkeit beitragen mochte, obwohl Carol sie auf mindestens dreißig schätzte.

„Was kann ich für Sie tun", fragte Carol und zog sich hinter ihren schützenden Schreibtisch zurück, als ihr bewußt wurde, daß sie eine instinktive Aversion gegen Raeburns Schwester empfand.

„Wir wollen wissen, was nun mit Collis ist."

Aufgrund ihrer Aversion wurde Carol freundlich und sagte sanft: „Mein Bericht geht an den Polizeichef und anschließend an den Untersuchungsrichter, um bei der gerichtlichen Verhandlung zur Feststellung der Todesursache herangezogen zu werden. Bis dahin werden wir keine Erklärungen abgeben."

„Aber ich bin seine Schwester! Ich habe ein Recht, alles zu erfahren."

„Tut mir leid. Auskünfte gebe ich nur meinen Vorgesetzten."

„Das werde ich Tante Marge erzählen!"

Carol konnte sich kaum vorstellen, daß die Ministerin entzückt wäre, in eine Vermittlerrolle gedrängt zu werden. Sie ließ die kindische Drohung einfach in der Luft hängen und richtete ihre Aufmerksamkeit auf Nicoles Verfassung. Ihre Überreaktionen und die weitaufgerissenen Augen deuteten auf Hysterie, aber Carol war überzeugt, daß sie mit diesem Verhalten versuchte, die Situation zu ihrem Vorteil zu manipulieren.

Welton wand sich in seinem Stuhl. „Nicole, komm endlich zur Sache." Wieder war Carol verblüfft, wie wenig diese hohe, leise Stimme zu dem mächtigen Körper paßte.

Seine Bemerkung verfehlte nicht ihre Wirkung auf Nicole. Sie starrte ihn an, dann sagte sie zu Carol: „Kommissarin, ich wäre Ihnen dankbar, wenn Sie mir Auskunft geben könnten, wie Sie mit der Untersuchung des Todes von Colly vorankommen."

„Unter den gegebenen Umständen", erklärte Carol freundlich, „bin ich bereit, Ihre Fragen zu beantworten, wenn ich kann."

Amüsiert beobachtete sie, daß Nicole mit dieser angeblichen Kompromißbereitschaft zufrieden zu sein schien. Natürlich lag ihr nichts ferner, als über ein paar höchst allgemeine Floskeln hinaus irgend etwas herauszulassen.

„Also, wann werden Sie beweisen, daß es ein schrecklicher Unfall war? Daddy ist so außer sich über die Schlagzeilen, und die werden erst verstummen, wenn Sie die Wahrheit verkünden."

„Unsere Untersuchung ist noch nicht abgeschlossen. Auf jeden Fall wird die Verhandlung den Vorgang klären." Diese Antwort befriedigte Nicole offenbar nicht, doch ehe sie etwas sagen konnte, fuhr Carol fort: „Ich möchte Sie fragen, ob Sie je bei Ihrem Bruder das *Handbuch zur Sterbehilfe* gesehen haben."

„Nein."

Nach dieser kurzangebundenen Antwort versuchte Carol es anders: „Bei meinen Ermittlungen ist mir zu Ohren gekommen, daß Ihr Bruder Kokain genommen hat..."

Weltons Finger hörten auf zu trommeln; Nicole zuckte theatralisch die Achseln. „So?"

„Hat er Kokain genommen?"

Offenbar maß Nicole diesem Thema keine große Bedeutung bei. „In den Kreisen, in denen Colly verkehrte, war das ja nur selbstverständlich." Mit überlegenem Lächeln fügte sie hinzu: „Wie Sie Alkohol trinken, wenn Sie mit Freunden zusammen sind."

„Mr. Welton?"

Er strich sich das Haar glatt. „Ich weiß nichts davon."

„Welty, das stimmt doch gar nicht!"

„Kommissarin Ashton", appellierte er an Carols Verständnis, „irgendwelche Drogen sind ja immer da, wissen Sie.

Alles, was genommen wurde, diente rein der Entspannung. Niemand ist da wirklich ernsthaft involviert, und Collis war es schon gar nicht. Er schätzte seine Stimme zu sehr, um sie durch irgendwas zu gefährden."

„Weiß jemand von Ihnen, wer ihn mit Stoff versorgt hat?"

Nicoles Gesicht zuckte. „*Ich* jedenfalls nicht! Und was hat das mit seinem Tod zu tun? Geht es nicht schließlich allein darum?" Ihre Augen füllten sich mit Tränen. „Er fehlt mir so sehr! Sie wissen ja gar nicht, wie mir zumute ist." Ihre Stimme klang leicht hysterisch.

Graeme Welton tätschelte ihr beruhigend die Hand. „Na komm, Nikky, reg dich nicht auf."

Carol fühlte sich zwischen Mitleid und Gereiztheit hin und her gerissen. „Tut mir leid, Ms Raeburn. Das alles muß sehr schmerzlich für Sie sein."

Nicole rieb sich mit den Fingerknöcheln die Augen und fragte: „Haben Sie mit Lloyd Clancy gesprochen? Alle Welt weiß, daß er Collis haßte."

„Ja, ich habe mit Mr. Clancy gesprochen."

„Und? Wo war er, als Colly starb? Wissen Sie das?"

Carol unterdrückte ein Seufzen. „Weil der Leichnam Ihres Bruders erst nach einer beträchtlichen Zeit aufgefunden wurde, läßt sich der Zeitpunkt seines Todes nicht ganz genau bestimmen."

„Also sind Alibis nicht so erheblich?"

Der Scharfsinn hinter der kindischen Art erstaunte Carol wieder. „Wir versuchen, den möglichen Zeitpunkt einzugrenzen. Zum Beispiel durch Ihr Telefongespräch mit ihm am frühen Abend, das ja beweist, daß er zu der Zeit noch bei Bewußtsein war."

„Spielt das eine Rolle, wenn es doch ein schrecklicher Unfall war?" fragte sie verdrießlich.

„Wenn es ein Unfall war, vielleicht nicht. War es Mord – schon", bemerkte Carol in beiläufigem Ton.

„*Mord?* Es war ein Unfall! Es kann gar nichts anderes sein. Wann sehen Sie das endlich ein?“ Und als Carol nicht darauf einging, fragte sie: „Warum geben Sie mir keine richtige Auskunft? Ich habe ein Recht, es zu wissen!“

„Zu diesem Zeitpunkt, Ms Raeburn, kann ich Ihnen nur sehr wenig sagen.“

Wütend sprang Nicole auf. „Komm, Welty, hier vergeuden wir nur unsere Zeit.“

„Mr. Welton, ich würde Sie gern noch einen Moment sprechen“, warf Carol ungerührt ein.

Nicole schmollte. „Sie können ihn auch vor mir fragen, schließlich sind wir Freunde.“

Carol gab Anne Newsome ein Zeichen. „Würden Sie Ms Raeburn bitte hinausführen.“

Graeme Welton wirkte verlegen, als er allein vor Carol stand. „Hören Sie, Kommissarin, ich möchte mich für Nikkys Benehmen entschuldigen. Das, was passiert ist, hat sie wirklich sehr mitgenommen...“

„Das verstehe ich. Bitte, setzen Sie sich.“ Er tat, wie ihm geheißen. „Mr. Welton“, fragte Carol, „bei den Ermittlungen kommen wir oftmals an einen Punkt, wo wir sehr persönliche Fragen stellen müssen...“

„Also gut. Fragen Sie“, antwortete er resigniert.

„Ich wüßte gern Näheres über Ihre Beziehung zu Collis Raeburn. Genau gesagt: Hatten Sie eine sexuelle Beziehung zu ihm?“

Er hörte auf, seine Hände zu kneten. „Ja. Leider.“

„Leider?“

Welton fuhr sich mit der Hand übers Gesicht. „Collis war der selbstsüchtigste Mensch, den ich je kennengelernt habe. Er kam immer an erster Stelle, an zweiter, an dritter und letzter – und an sämtlichen Stellen dazwischen. Jede Beziehung war für ihn nur dazu da, sein Ego aufzupolieren.“ Er sah zu ihr auf, seine stechenden blauen Augen trübten unvergossene Tränen. „Aber als ich hörte, daß er tot war, glaubte ich, es nicht ertragen zu können."

„Waren Sie überrascht, daß er sich umgebracht hat?"

Bei ihrer Frage lächelte er traurig. „Sehr. Collis hielt sich für das herrlichste Wesen auf Gottes Erdboden, warum also sollte er sich vernichten?"

6

Carol saß in ihrem Büro und führte sich die Fakten des Falls vor Augen, wobei sie gedankenverloren mit dem goldenen Stift spielte. Ihr Blick fiel auf die Gravur, und sie dachte daran, wie Sybil ihr den Stift zum Geburtstag geschenkt hatte. Sie legte ihn behutsam beiseite. *Nur jetzt nicht darüber nachdenken.*

Mark kam pünktlich wie immer, nur Anne verspätete sich ein wenig. Sobald sie saßen, sagte Carol: „Okay, Truppe. Lagebesprechung."

„Du bist guter Dinge", bemerkte Mark.

Carol lächelte. „Wir kommen der Sache näher, Mark. So langsam wird sie mir klarer."

„Also ist es Mord?"

„Es *ist* Mord", erwiderte sie im Brustton der Überzeugung. „Nun, Anne, was haben Sie herausgefunden?"

Als Anne einen Schnellhefter aufschlug und sich räusperte, erinnerte Carol sich an das Gefühl von Wichtigkeit, das sie damals empfunden hatte, als sie zum erstenmal mit Ermittlungen betraut worden war. Anne hatte eine äußerst prägnante Art zu berichten. Sie schilderte ihr Gespräch mit Anita Burgess, Raeburns PR-Agentin, und schloß: „Ihre Beziehung war rein beruflich, sie sagt, über sein Privatleben wisse sie nichts... Wenn sie wirklich etwas weiß, sagt sie es nicht."

„Sie haben mit Corinne Jawalskis Mitbewohnerin gesprochen?"

„Ja. Beth Adkins. Es ist genau so, wie uns gesagt wurde. Mr. Raeburn rief gegen sieben Uhr abends an, er fragte nach

Corinne, die gerade aus der Tür gegangen war. Beth rief sie zurück, und sie redete ein paar Minuten mit ihm." Anne machte eine bedeutungsvolle Pause. „Nur eines hat die Jawalski nicht erzählt, nämlich daß es sich eher um einen Streit als eine Unterhaltung gehandelt hat. Beth sagt, sie wisse nicht, worum es gegangen sei, aber Corinne hätte schließlich den Hörer auf die Gabel geknallt, Raeburn mit ein paar gewählten Worten bedacht und sei gegangen."

Carol beugte sich vor. „Und dann?"

„Genau wie sie sagte: Sie ging mit einem Freund in die Stadthalle, wo *Elias* gegeben wurde. Er spielte als Solist in dem Oratorium, deshalb war er auf der Bühne, während Corinne im Publikum saß. Die Aufführung begann um acht, und er sah sie erst nach halb elf wieder."

Carol lächelte über Annes vielsagende Miene. „Also, was schließen Sie daraus?"

„Nun, sie hatte genügend Zeit, zum Hotel zu gehen und Raeburn aufzusuchen. Sie saß mit keinem Bekannten im Publikum, und sie konnte einen Bus nehmen oder ein Taxi oder sogar zu Fuß gehen – das hätte nur zwanzig Minuten gedauert, maximal eine halbe Stunde. Sie hatte reichlich Zeit hinzukommen, eine Weile zu bleiben und sich dann wieder unters Publikum zu mischen."

„Laß mich das nächstemal mit Corinne Jawalski reden", sagte Bourke. „Ich werde meinen berühmten Charme spielen lassen."

„Huch", meinte Anne. „Kann ich zusehen?"

Carol amüsierte sich zufrieden über die Frozzelei. Sie hatte schon immer gefunden, daß den erfolgreichsten Teams diese Mischung aus Vertrauen, Spaß und, als Grundlage, Achtung zu eigen war. „Und weiter, Anne?"

Anne hatte nichts darüber in Erfahrung gebracht, ob jemand sich in der Gerichtsmedizin nach Raeburns Leichnam erkundigt hatte. Aber sie hatte sich länger mit einem von der

Spurensicherung unterhalten, mit dem Experten, der Raeburns Fingerabdrücke an den Gegenständen im Zimmer abgenommen hatte. Die Abdrücke auf dem *Handbuch zur Sterbehilfe* waren besonders interessant. Sein Handabdruck war auf dem Buchrücken, als hätte er es äußerst linkisch in der einen Hand gehalten und es mit der anderen aufgeschlagen. Sein Daumenabdruck befand sich auf der Seite mit der Beschreibung der tödlichen Dosierung. Auf dem Cover des Buches waren mehrere verwischte Fingerabdrücke, darunter eindeutig identifiziert die von Raeburn. Anne sagte: „Das Buch ist praktisch neu und sieht aus, als sei es kaum angerührt. Er muß beim Lesen jede Seite direkt an der Kante umgeblättert haben. Wenn Sie es selbst mal versuchen, werden Sie finden, daß die Leute im allgemeinen jede Seite an der rechten oberen Ecke umblättern und zumindest Teilabdrücke auf Vorder- und Rückseite hinterlassen."

Bourke gähnte und streckte sich. „Halten Sie es für eine Finte, Anne?"

„Vielleicht. Es sei denn, Raeburn wußte genau, welche Seite er aufschlagen mußte, und blätterte gar nicht erst, sondern hielt es mit dem Daumen auf, während er las."

„Was glaubst du, Carol?"

„Ich glaube nicht, daß er das Buch gekauft hat, und ich glaube auch nicht, daß er's gelesen hat. Natürlich ist es ein wenig schwerer, das zu beweisen. Hat jemand von euch es zufällig ganz gelesen?" Und als sie den Kopf schüttelten, fuhr sie fort: „Ich habe nur einen flüchtigen Blick auf die bewußten Seiten geworfen, mehr nicht. Vielleicht ist etwas darin, das uns entgangen ist."

„Sehr gut", sagte Bourke. „Eine leichte Lektüre kommt mir gerade gelegen."

„Anne, Sie haben wohl nichts darüber herausgefunden, wo das Buch gekauft worden ist?" erkundigte sich Carol.

„Bei allen Buchläden im Umkreis des Hotels war das

Ergebnis negativ, aber wenn Raeburn es schon länger geplant hat, könnte er es ganz woanders gekauft haben."

„Möglicherweise müssen die Buchhandlungen noch einmal abgeklappert werden – diesmal mit den Fotos der Tatverdächtigen. Ich halte das Buch für eine Finte, eine Requisite, um das Selbstmordszenario glaubwürdiger zu gestalten."

„Du glaubst also wirklich, es ist Mord?" vergewisserte sich Mark.

„Ich bin mir sicher."

„Hast du's dem Polizeichef gesagt?"

Carol lächelte etwas gequält. „Ich habe ihm schon gesagt, daß ich denke, Mord sei nicht auszuschließen, aber ich bin verdammt sicher, daß ihm etwas Definitiveres als das nicht sehr willkommen ist."

„Verrate uns, was dich so sicher macht."

„Kleinigkeiten – aber sie addieren sich zusammen. Er hinterließ keinen Abschiedsbrief. Die ganze Szene im Hotelzimmer wirkt theatralisch und gestellt. Sein Tagebuch fehlt. Er hatte ein kolossales Ego, das Selbstmord eigentlich ausschließen sollte. Das Handbuch macht den Eindruck einer offensichtlichen Finte, und die Fingerabdrücke darauf sind eher merkwürdig. Er hält Diät, selbst bei seiner letzten Mahlzeit hält er sich daran."

„Außerdem", fuhr Bourke fort, „wurde er nicht von allen geliebt, die ihn gut kannten. In Wahrheit wurde er mächtig gehaßt." Er zählte jetzt an den Fingern auf: „Alanna Brooks soll durch seine neue Geliebte, Corinne Jawalski, ersetzt werden; Corinne selbst hat Streit mit ihm, aber warum, wissen wir nicht; Lloyd Clancy ist als Tenor sein Rivale und rangmäßig der zweitbeste; sowohl Graeme Welton, als Komponist, wie auch Edward Livingston, als Intendant, haben eine Menge auf *Dingo* gesetzt, aber Raeburn wollte ihnen die Suppe versalzen und seinen Vertrag rechtlich anfechten; Nicole Raeburn ist völlig verrückt, was ihren Bruder betrifft;

Kenneth Raeburn spekuliert mit dem Familienunternehmen.“ Er lehnte sich zufrieden zurück. „Da hast du’s, Carol. Mindestens sieben Leute könnten ein Interesse daran haben, Collis Raeburns illustrer Karriere ein Ende zu setzen.“

„Die von dir genannten Motive reichen zwar aus, um den Gedanken an Mord aufkommen zu lassen – es aber tatsächlich zu tun, dazu braucht es weit mehr als Abneigung oder selbst Haß. Raeburns Mord war sorgfältig geplant und genauso sorgfältig ausgeführt. Wer immer es getan hat, hatte ein sehr viel stärkeres Motiv als alles, was bisher ans Tageslicht getreten ist.“

„Wie steht’s mit dem AIDS-Engel?“

„Richtig, Mark. Es könnte jemand sein, den wir bisher noch nicht aufgetrieben haben... oder auch ein von Raeburn infizierter Lover.“

Mark starrte düster vor sich hin. „Aber warum sollte er Raeburn so gnädig ins Jenseits befördern. Da er HIV-positiv war, wäre er doch wahrscheinlich irgendwann dahingesiecht... so wie der hypothetische Lover. Und selbst wenn Raeburn überlebt hätte und AIDS bei ihm nicht zum Ausbruch gekommen wäre, hätte er in Erwartung der schrecklichen Krankheit Höllenqualen erlitten, ganz zu schweigen davon, was die Öffentlichkeit seiner Karriere angetan hätte.“

„Ja“, sagte Carol. „Die Öffentlichkeit. Ich glaube, das ist vielleicht der springende Punkt.“

***

Der Baß des Polizeichefs dröhnte Carol ins Ohr. „Nicole Raeburn hat sich an die Ministerin gewandt und die Ministerin sich an mich. Offenbar hat Ms Raeburn an Ihrer Kooperationsbereitschaft etwas zu bemängeln, Carol.“

„Damit meint sie vermutlich, daß ich nicht das gesagt habe, was sie hören wollte.“

„Irgendwelche Fortschritte?"

„Nur daß ich überzeugt bin, es war Mord."

„O Scheiße", sagte der Polizeichef.

***

Kenneth Raeburns Flüsterstimme am Telefon hatte einen vertraulichen Unterton. „Kommissarin Ashton, ich muß Sie dringend sehen. Ich weiß zwar, daß morgen Samstag ist, aber ich bin in der Stadt, deshalb wollte ich fragen, ob wir nicht mittags zusammen essen könnten?"

Nichts lag ihr ferner, als seinem Vorschlag zu diesem Treffen zuzustimmen. „Tut mir leid", fertigte Carol ihn ab, „aber aufgrund der Untersuchung ist meine Zeit knapp bemessen. Sie könnten eventuell am Nachmittag hierher kommen. Paßt Ihnen das?"

Stirnrunzelnd legte sie auf, nachdem er bejaht hatte. Die Raeburns setzten sie gehörig unter Druck, um das gewünschte Resultat von ihr zu erzielen, und nutzten ihre Verbindungen. Aber warum? War es lediglich, weil Selbstmord für sie undenkbar, unakzeptabel war? Weil sie tatsächlich zutief überzeugt waren, er hatte sich versehentlich umgebracht?

Carol war durchaus klar, daß der Untersuchungsrichter bereit wäre, die Tatsache, daß Raeburn HIV-positiv war, unter den Tisch fallen zu lassen, sofern ihre Ermittlungen auf Unfalltod hinausliefen. Sollte ihr Bericht aber auf Selbstmord oder Mord schließen, wäre diese peinliche Tatsache ein sehr wichtiger Punkt, mit dem er sich befassen würde – und die Medien würden es voll ausschlachten.

Sie wählte Bourkes Nummer. „Mark? Ich treffe mich morgen nachmittag mit Kenneth Raeburn. Ich möchte, daß du dabei bist. Bitte, sag Pat, daß es mir leid tut, so kurz vor der Hochzeit. Und bring sämtliche Informationen über die finanzielle Situation des Familienunternehmens mit."

Die Hochzeit. Sybil wird dort sein... Wir können auf neutralem Boden miteinander reden.

***

Carol hatte mit Madeline Shipley ausgemacht, sie abends nach der Sendung um halb acht beim Fernsehsender abzuholen. Sie erwartete sie mit gemischten Gefühlen im Foyer, sie freute und fürchtete sich gleichermaßen und empfand ein unerklärliches Gefühl, daß es mit diesem Treffen irgend etwas Besonderes auf sich hatte.

Als sie Madeline herankommen sah, musterte sie sie so nüchtern wie möglich. Sie war schlank und zierlich und reichte Carol nur bis zur Schulter. Sie bewegte sich sehr graziös. Ihr glänzendes Haar trug sie offen, die Studioschminke hatte sie durch einen Hauch von Lippenstift und Lidstrich ersetzt. Sie hatte dunkelgraue Augen und schöngeschwungene, sinnliche Lippen.

„Carol!“ Das auf dem Bildschirm so faszininierende Charisma war nicht mehr ganz so wirkungsvoll, aber dennoch erstaunlich. „Sollen wir uns umarmen, oder wäre das eine zu große Konfrontation für eine Kriminalkommissarin?“

„Eine allzu große Konfrontation“, antwortete Carol ebenso salopp. „Vielleicht sollten wir uns die Hände schütteln.“

Madeline nahm Carols Arm und hakte sich unter. „Ich habe einen Bärenhunger. Versuch nicht, mir ein Wort aus der Nase zu ziehen, bevor ich gegessen hab’.“

Im Wagen tippte sie Carol aufs Knie. „He, nun mach nicht so eine Leichenbittermiene. Ein wenig Entspannung schadet dir wirklich nicht, du brauchst dich doch nicht so schrecklich zu verschanzen.“

Die Berührung ging Carol durch und durch, irritiert versuchte sie, sich aufs Fahren zu konzentrieren. Nach einer Weile sagte sie. „Schnall den Sicherheitsgurt an.“

Madeline drehte sich lässig zu ihr um. „Ich hasse Sicherheitsgurte."

Carol sah aus den Augenwinkeln, wie sie grinste. „Madeline, sei nicht albern, das ist rechtswidrig."

„Und was haben Sie jetzt vor, Kommissarin? Wollen Sie mich verhaften?" Sie feixte. „Du könntest mir Handschellen anlegen. Hm, das wär mal was."

Carol seufzte. „Willst du etwa den ganzen Abend nur rumalbern?"

Madeline griff nach dem Sicherheitsgurt und schnallte sich an. „Was ist los, Carol?" fragte sie jetzt ernst, „Ist zwischen dir und Sybil alles in Ordnung?"

„Wieso denn nicht?"

„Ach, entschuldige. Das hätte ich nicht fragen sollen." Madeline legte ihr die Hand auf die Schulter. Wieder durchfuhr Carol ein Stich, und sie hätte beinahe gefaucht: *Rühr mich nicht an*. Als sie sich vorstellte, wie Madeline darauf reagieren würde, mußte sie grinsen.

„Okay, Carol, zumindest habe ich dich zum Lächeln gebracht. Sprich, was hab' ich gesagt, damit ich's noch einmal tun kann."

„Ich habe nur eben an etwas gedacht."

„Genau das ist dein Problem – du denkst zuviel. Warum läßt du nicht wenigstens einmal Fünfe gerade sein? Geh aus dir raus. Tu irgendwas Schräges!"

Carol parkte sauber vor dem Restaurant ein. „Womöglich bestelle ich mir heute Nachtisch. Ist das schräg genug?"

Das Restaurant war für seine gute Küche bekannt, für umsichtige Bedienung. Carol und Madeline saßen in einer lauschigen Ecke, dezent wurde ihnen ein erlesener Wein serviert, dann ein exzellentes Mahl, das dekorativ angerichtet war.

„Sieht fast zu schön aus zum Essen." Genüßlich sah Madeline auf die garnierten Lachsforellenfilets auf ihrem

Teller. Carol lächelte zustimmend und beäugte ihre mit Gemüse garnierten Kalbsmedaillons.

„Das ist das ganze Geheimnis meiner kulinarischen Erfolge“, erklärte Madeline, „indem ich selbst das schlichteste Gericht dekorativ präsentiere. Damit wickle ich die Leute ein, weißt du, sie denken, wenn es toll aussieht, muß es auch so schmecken.“

Als sie beim Kaffee angelangt waren, sagte Carol: „Nun heraus mit der Sprache, bis jetzt war ich wirklich geduldig.“

„War Collis Raeburn HIV-positiv?“

„Sag mir, warum du das glaubst.“

Madeline lächelte, und Carol sah, daß ein Zahn etwas unregelmäßig war. Eine solche Unvollkommenheit bei all der geschliffenen Schönheit rührte sie fast.

„Carol, woher weiß ich, daß du mir ein Exklusivinterview gibst, wenn ich dir sagen, was ich weiß.“

„Vertrau mir. Und sag's mir ohnehin, sonst behinderst du nämlich die Staatsgewalt.“

„Ich mag es, wenn du so tough bist.“

„Madeline...“

„Schon gut, schon gut. Ein Mann hat sich an den Sender gewandt, genau gesagt an meine Redaktion, und behauptet, er könne uns eine Geschichte verkaufen, daß Raeburn HIV-positiv gewesen sei. Offenbar hat er gehört, daß wir eine Sondersendung vorbereiten, und dachte, daß wir auf Skandale scharf wären und mitbieten würden. Er forderte zwanzigtausend für die Geschichte und fünfzig, wenn wir ihn vor die Kamera bringen.“

Carol beugte sich vor. „Wer ist es?“

„Er sagt, sein Name sei Amos Berringer, und behauptet ein Exlover zu sein, der durch Raeburns heimliche Aktivitäten hereingelegt worden sei.“

Carol lehnte sich zurück und sagte leichthin: „Ich nehme an, du hast das recherchiert.“

„Sicher, das ist unser Job." Madeline grinste.

„Und wirst du ihm auf gut Glück zwanzigtausend hinblättern?"

„Natürlich nicht. Wir haben ihn überprüft." Sie zog eine Grimasse. „Eine schäbige kleine Nummer. Wie's scheint, zockt er ein paar Mäuse nebenbei ab, indem er verheiratete Männer erpreßt, die zur Abwechslung einen Ausflug in die Schwulenszene machen."

„Ich werde ihn überprüfen – vielleicht haben wir ja was über einen Amos Berringer in unseren Akten."

„Das bezweifle ich." Madeline zuckte die Achseln. „Nach der Auskunft, die wir bekamen, ist Berringer auf der Hut. Er wendet sich immer an Leute, die lieber zahlen als zu riskieren, daß es an die große Glocke kommt."

Daß Collis Raeburn sich auf einen Typ wie Berringer eingelassen hatte, enttäuschte Carol irgendwie. „Hat er einen Beweis vorgelegt, oder war es nur eine schillernde Aussage?"

„Er schwört, daß Collis Raeburn HIV-positiv war und sich bei ungeschütztem schwulen Sex infiziert hat." Erwartungsvoll sah sie Carol an, aber die sagte nichts. „Also? War er ein AIDS-Kandidat?"

Carols Ahnung verdichtete sich. Dies war eine neue Spur zu Raeburn – unter einem anderen Aspekt, und die Information von dieser Seite paßte womöglich zu anderen scheinbar unzusammenhängenden Stücken, so daß sich das Puzzle langsam zu einem Bild fügte. „Komm schon, sag, was du hast."

Madeline öffnete ihre Tasche und reichte Carol einen Umschlag. „Ein kurzer Bericht über Berringer und ein paar Abzüge von Fotos, die er uns ausgehändigt hat. Sie sind nicht besonders spektakulär, nur Raeburn in einer Schwulenbar, offensichtlich. Berringer will uns nicht verraten, in welcher, um zu verhindern, daß uns womöglich ein anderer die Story verkauft."

Die Fotos zeigten eindeutig Raeburn, umgeben von anderen Männern, viele in Leder gekleidet, die sich zu amüsieren schienen. Er trug Jeans und Jeanshemd und lachte auf beiden Fotos, auf dem einen prostete er einem jungen, äußerst gutaussehenden Mann zu, auf dem anderen lachte er im Kreise barbrüstiger Männer mit Lederwesten augenscheinlich über einen Witz.

„Daß Heteros aus Neugier in Schwulenbars gehen, ist ja nichts Neues", sagte Carol. Dann fügte sie hinzu: „Ich will nicht, daß du diese Story bringst."

„Sie ist ohnehin zu dünn, es sei denn, wir kriegen noch mehr von Berringer. Offen gesagt, wir halten ihn hin, damit er sie nicht woanders anbietet, aber wenn es so aussieht, als hätte sie jemand anders in den Medien, gehen wir sofort auf Sendung."

„Sagst du mir Bescheid, wenn das passiert?"

Lässig lächelte Madeline. „Für dich tu ich doch alles."

Eine halbe Stunde später, als sie in den Wagen stiegen, fragte Madeline: „Bekomme ich also jetzt das Exklusivinterview, nachdem ich nun auf der ganzen Ebene mit dir kooperiert habe?"

„Ich will dir da nichts versprechen. Das weißt du", antwortete Carol mit einem Seitenblick.

Madeline lachte weich. „Ach, aber du bist so unendlich verheißungsvoll, Carol."

Schweigend fuhren sie zu Madelines Haus. Wieder fühlte sich Carol zwischen Furcht und Aufregung hin und her gerissen. Sie versuchte, das Gefühl wegzurationalisieren – die Irritation hatte lediglich mit ihrer Wut auf Sybil und ihrer Enttäuschung zu tun, nur deshalb fühlte sie sich aus ihrem Gleichgewicht gebracht.

Madelines Haus lag von der Straße zurückgesetzt hinter Büschen verborgen. Carol bog in die Auffahrt und hielt an der flachen Sandsteintreppe.

„Gute Nacht", sagte sie absichtlich kühl, „und vielen Dank für die Information."

„Möchtest du nicht noch mit reinkommen?"

„Danke, nein, es ist schon spät."

„Seit Paul weg ist, fühle ich mich etwas einsam."

„Das ist keine gute Idee."

„Doch, Carol, und du weißt es genau."

„Nein, das weiß ich ganz und gar nicht."

„Es passiert sowieso. Warum nicht heute?"

„Gute Nacht, Madeline."

Madeline stieg aus dem Wagen und kam zur Fahrertür. Carol ließ die Scheibe herunter und sah zu ihr auf. „Madeline, dies hier ist keine Reprise von ‚Einsame Herzen', weißt du."

Lächelnd beugte sich Madeline zum Fenster und küßte Carol leicht auf die Lippen. Dann zog sie den Kopf zurück und sagte schmunzelnd „Du wirst sehen, es wird eine Lust, Carol. Und mehr noch..."

Carol drehte den Zündschlüssel. „Nein."

Madeline lächelte noch breiter und trat vom Wagen zurück. „Ich fühle es doch und du auch. Sag, was du willst – das ändert nichts."

Als Carol aus der Auffahrt fuhr, sah sie im Rückspiegel, wie Madeline ihr nachblickte. Mit lautem Fluchen versuchte Carol die Spannung zu vertreiben, die sich durch Madelines Worte und ihre Berührungen in ihr aufgebaut hatte.

Carol war noch vor Sybil zu Hause, die bei einem Treffen mit Politikerinnen war. An ihrem Anrufbeantworter leuchtete die rote Lampe auf, sie spulte das Band zurück, während sie ihre alte Kaffeemaschine in Gang setzte. Die erste Nachricht war von Tante Sarah, die noch einmal bestätigte, daß sie Samstagmorgen käme. Die zweite war ein Flüstern, die Stimme kannte sie nicht: *Collis Raeburns Tod war ein Unfall. Schreiben Sie das in Ihrem Bericht. Schreiben Sie, er sei versehentlich gestorben. Das ist das Beste für alle, und es ist die Wahrheit. Machen Sie keinen Ärger. Sie werden doch nicht wollen, daß Ihr Privatleben an die Öffentlichkeit kommt. Denken Sie daran.*

Carol starrte auf das Gerät, das jetzt laut klickte, sie ließ das Band surrend zurücklaufen, drückte noch einmal die Wiedergabetaste und lauschte aufmerksam auf die Stimme, die die Nachricht wiederholte. Angst und Zorn stiegen in Carol hoch – und dann ein Anflug von Erregung, weil ihre Ermittlungen irgendwen zu dieser Drohung getrieben hatten.

7

Collis Raeburns Gesangslehrerin wohnte in einem Vorort, der einmal bessere Tage erlebt hatte. Ihr Haus, ein Gebäude aus verwittertem dunklem Stein, stand trutzig in einem völlig verwilderten Garten. Carol schauderte, als sie aus dem Wagen stieg. Seit dem Morgen blies ein eisiger Wind, und immer wieder regnete es in kurzen Schauern, wie zur Erinnerung, daß der Frühling ja gerade erst angebrochen war.

Schon beim Aufstehen hatte sie die Kälte doppelt empfunden, denn zwischen ihr und Sybil hatte eine kühle Atmosphäre geherrscht. „Carol, es stimmt schon seit langem nicht mehr zwischen uns. Ich habe mich weiterentwickelt, ich habe mich verändert. So wie du leben möchtest, das genügt mir nicht mehr."

Carol hatte ihren Zorn bezwungen und gefragt: „Ist denn Weglaufen wirklich die beste Lösung?"

„Wir brauchen etwas Abstand voneinander... *Ich* brauche etwas Abstand..."

„Tu das nicht, Liebste."

Sybils Gesicht verschloß sich bei ihrem Flehen. „Carol, immer geht alles so, wie *du* willst, immer... Diesmal wird es anders sein..."

Anne Newsome störte ihre düsteren Gedanken. Sie deutete auf das Haus und sagte: „Offenbar ist Gesangslehrerin kein sehr einträglicher Beruf. Wahrscheinlich macht sie's aus Liebe."

Liebe? dachte Carol bitter.

Als sie das verfallene Tor öffneten und den überwucherten

Weg entlanggingen, erklang aus dem offenen Fenster eine Stimme, so warm wie ein Sonnenstrahl. Wie ein Jubel verhallte die Phrase, dann eine Pause, und sie wurde wiederholt.

Carol klopfte laut an die Tür. Kurz darauf öffnete ihnen eine Frau, deren Gesicht sie in dem Fernsehspecial über Collis Raeburn gesehen hatte. „Kommissarin Ashton? Sie sind ein wenig zu früh. Ich beende gleich meine Stunde. Es dauert nicht lange."

Sie wurden in einen Alkoven geführt, am großen Zimmer vorbei, in dem Carol einen Flügel sah und die Gestalt einer schlanken jungen Frau daneben. Carol und Anne nahmen in schweren unbequemen Sesseln Platz, deren Brokat verblichen war.

Der Unterricht wurde fortgesetzt. Die junge Frau sang eine Zeile, die Stimme perlte zart, wurde mit ungeduldiger Bemerkung unterbrochen und begann von neuem. „Nein! Nein! Hör dich doch selbst. Wo ist deine Kontrolle. Denk dran, daß deine Stimme von einem Luftstrom gestützt wird... Dein Atem... Leg deine Hände auf die Rippen, hier, die Finger berühren sich. Jetzt atme ein! Laß deinen Atem deine Hände wegdrücken."

Es folgte eine Pause, offenbar tat die Studentin, wie ihr geheißen. Anne erhaschte Carols Blick und lächelte. Wieder die ungeduldige Stimme der Lehrerin: „Fühlst du es wirklich? Noch einmal! Du mußt immer daran denken, daß der Muskel deines Zwerchfells die Grundlage deiner Stimme ist. Beim Singen geht ja der Luftstrom über die Stimmbänder, also mußt du diesen Luftstrom absolut unter Kontrolle haben."

Die Studentin machte eine leise Bemerkung, gefolgt von einem unwirschen Einwurf der Lehrerin. „Die meisten Leute sind nachlässig und atmen flach. *Du* mußt lernen, deine Lungen voll und ganz zu benutzen – sie sind der Blasebalg deiner Stimme." Sie schlug laut einen Ton auf dem Flügel an. „Sing nicht den Ton – summ! Lauter... Lauter. Jetzt! Schwellend... Verhalten. Spürst du, wie deine Oberlippe vibriert? Ja? Denk dran, wie sich das anfühlt! Genau da muß deine Stimme liegen, um diesen klaren, herrlichen, getragenen Ton hervorzubringen."

„Das klingt nach harter Arbeit", flüsterte Anne.

Die Lehrerin begann ein Vorspiel auf dem Flügel. Die Musik war Carol nicht vertraut. Und dann setzte die junge Frau ein. Ihre schmelzende Stimme verzückte Carol, sie schloß die Augen und ließ sich hinreißen. Diesmal gab es keine Unterbrechung. Sanft verhallte die Stimme. Zögernd sagte die Lehrerin: „Na ja, das war schon besser. Aber du mußt üben. Üben!"

Der Unterricht war zu Ende, die Studentin wurde aus der Vordertür geführt und Carol und Anne ins Musikzimmer gebeten.

Die Lehrerin murrte: „O ja, Gott hat ihr die Stimme gegeben. Aber das ist nur der erste Schritt. Was sie jetzt damit anfängt, das ist es, was zählt. Sie hätte das Zeug zu einer zweiten Kathleen Ferrier – wenn sie hart arbeitet und den Durchbruch bekommt. Talent und Arbeit allein sind nicht genug. Erfolg hat viel mit Glück zu tun."

„Und Collis Raeburn hatte Glück?" fragte Carol.

Das strenge Gesicht der Lehrerin wurde weich. „Ja, Collis hatte Glück, aber er hatte auch eine Stimme, wie sie in hundert Jahren nur ein- oder zweimal vorkommt. Er wurde schon früh zu mir geschickt, noch ehe er sich Abkürzungen und schlechte Angewohnheiten aneignen konnte – das passiert bei Tenören öfter, leider –, und ich erkannte sofort, was er war." Sie schloß grimmig: „Deshalb ist es eine um so größere Tragödie, daß er tot ist."

„Sie sagten mir am Telefon, daß Sie glauben, er sei umgebracht worden."

Bei Carols drastischer Bemerkung runzelte sie die Stirn. „Wie ich sehen kann, glauben Sie mir nicht, aber ich *weiß* es."

Sie zuckte theatralisch die Schultern. „Sie glauben vielleicht, daß ich überdramatisiere. Doch ich kannte Collis besser als irgendwer sonst, und daß er sich umgebracht hätte, ist völlig unmöglich. Er besaß eine Arroganz, die an Narzißmus grenzte, deshalb wäre es ihm ganz unmöglich gewesen, schon der Gedanke an Selbstzerstörung wäre ihm nicht im Traum eingefallen. Selbstmord, egal wie, kann überhaupt nicht in Betracht kommen."

„Nur mal hypothetisch", sagte Carol freundlich, „was wäre gewesen, wenn er an einer Krankheit gelitten hätte... zum Beispiel an Krebs..."

„Sie brauchen hier nicht um den heißen Brei rumzureden. Ich weiß von dem AIDS-Virus."

Carol versuchte sich die Verblüffung nicht anmerken zu lassen. „Was hat er Ihnen gesagt und wann?"

„Ungefähr eine Woche bevor er starb, hat er mich hier besucht. Er sagte, der Test sei positiv. Er war außer sich vor Wut. Aber er hatte nicht vor, sich umzubringen. Collis war eine Kämpfernatur. Er wäre nicht da, wo er war, er war nicht der Typ, der die Arme hochwirft und aufgibt. Er hat zu mir gesagt, er sei entschlossen, gegen den Virus anzukämpfen. Daß er sich die besten Ärzte, die neuesten Medikamente leisten könne... Und er glaubte ganz fest daran, daß er schon bald, in absehbarer Zeit geheilt werden könne."

„Hatte er eine Vorstellung, wo er sich infiziert hat?" fragte Carol geradeheraus.

Sie starrte Carol an. „Er sagte nur, daß er die Person kennt. Und daß er es heimzahlen würde, so gut er könnte."

„Haben Sie eine Ahnung, ob es um einen Mann ging oder um eine Frau? Hat er einen Namen genannt?"

„Nein. Ich habe ihn nicht danach gefragt, Kommissarin." Ihr Gesicht verzerrte sich vor Kummer und Zorn. „Ich wünschte, ich hätte es, denn wer immer es war, hat ihn ermordet, um ihn zum Schweigen zu bringen. Da bin ich mir sicher."

Als Anne sie beide in die Stadt zurückfuhr, sagte sie mit einem selbstgefälligen Unterton: „Ich glaube, ich weiß, warum er es nur seiner Haushälterin und seiner Gesangslehrerin erzählt hat und sonst niemand."

„Vielleicht hat er es ja noch anderen Leuten erzählt, aber die sagen es nicht." Mit der Bemerkung hatte sie Anne einen Dämpfer versetzt. „Also was ist Ihre Theorie?" ermutigte Carol sie.

„Nun, da seine Mutter gestorben ist, als er noch sehr jung war, und die Haushälterin und die Gesangslehrerin ungefähr im mittleren Alter sind, halte ich es für möglich, daß sie für ihn quasi Muttersatz waren." Sie wurde rot. „Das ist mir gerade so eingefallen."

„Ein interessanter Aspekt, Anne. Er könnte uns weiterführen – oder auch nicht, aber gut, daß Sie's gesagt haben."

Es entstand eine verlegene Pause, dann fragte Carol: „Wer war Kathleen Ferrier?"

Anne grinste. „Zum Glück kann ich das beantworten, weil mein Vater all ihre Platten besaß. Sie war eine englische Sängerin und hatte die wunderbarste Altstimme. Sie starb in jungen Jahren an Krebs, und all ihre Platten sind Monoaufnahmen, aber sie sind trotzdem phantastisch."

Sängerinnen und Sänger leben auf ihren Platten weiter, dachte Carol. *Was werde ich hinterlassen?*

In ihrem Büro schloß Carol die Tür und wählte die Nummer von zu Hause. „Sybil? Hast du deine Meinung geändert?... Liebste, bitte..." Mit ausdruckslosem Gesicht hörte sie zu und fragte dann: „Nimmst du Jeffrey mit dir?"

Kaum erwähnte sie Sybils pummeligen rötlichen Kater, traten ihr glatt die Tränen in die Augen. Wie lächerlich. Sie blinzelte und versuchte mühsam, ihre Stimme zu beherrschen. „Ich bin froh, daß du ihn daläßt. Sinker wäre einsam ohne seine Gesellschaft –"

Lautes Klopfen an der Tür unterbrach sie, aber sie wußte, daß Sybil das Gespräch ohnehin beenden wollte. Sie hatten gestern nacht alles gesagt, was gesagt werden konnte. Mit ruhiger Stimme, die nichts von der grauen Trostlosigkeit verriet, die sie erfüllte, verabschiedete sie sich und legte behutsam den Hörer auf.

Bourke öffnete die Tür. „Carol, tut mir leid, wenn ich unterbreche, aber ich habe Amos Berringer gesprochen, den Enthüllungskönig in spe."

Sie deutete auf den Stuhl und verdrängte entschlossen ihre Verzweiflung über Sybil. „Stimmt die Geschichte, die er verkaufen wollte?"

„Nicht ganz. Er ist ein schäbiger kleiner Halunke, der sich um die Schwulenszene herumschleicht und verheiratete Männer herauspickt, die auf einen schnellen Kitzel aus sind. Sein Trick besteht darin, heimlich Fotos zu machen und dann eine kleine Erpressung zu starten – er nennt es Geschenke. Wie es scheint, waren die Fotos von Raeburn reines Glück. Er erkannte ihn in der Bar und hat ihn, prophylaktisch, fotografiert. Die Behauptung, er sei Raeburns Exlover gewesen, hat er inzwischen fallengelassen. Jetzt sagt er, er habe sich in denselben Kreisen bewegt."

„Wieso aber dann die Geschichte, daß Raeburn HIV-positiv war? Wie konnte er das wissen?"

Bourke zuckte die Achseln. „Vielleicht hat Berringer es einfach vermutet und ins Schwarze getroffen. Wahrscheinlich hat er auch gedacht, daß sich eine solche Geschichte viel besser verhökern ließe, an Madeline Shipley zum Beispiel."

Carol konnte sich nur mit Mühe konzentrieren. Ständig drehten sich ihre Gedanken um Sybil; ihre wütende Bemerkung, „Immer geht alles so, wie *du* willst, Carol, immer", ging ihr nicht aus dem Kopf. Sie fragte Bourke, ob er sonst noch jemanden auf den Fotos identifiziert habe.

„Noch nicht, aber wir haben den Namen der Bar, und ich

habe Ferguson darauf angesetzt, alle Namen zu überprüfen, die wir aus Berringer rausgepreßt haben." Er hielt inne, zögerte einen Moment und sagte dann: „Erinnerst du dich, daß du mir gesagt hast, ich solle mich umhören, was so gemunkelt wird? Es wird dir nicht gefallen; mal abgesehen von Bannister besteht allgemein die Ansicht, der Polizeichef habe dich in der Tasche, was diesen Fall angeht, und das Ergebnis sei vorprogrammiert. Natürlich tut Bannister, was er kann, diese Ansicht zu verbreiten, auch wenn es mir gelungen ist, ein paar Leuten klarzumachen, daß er sich auf dem Holzweg befindet."

„Gestern fand ich einen Anruf auf meinem Anrufbeantworter, anonym natürlich. Mir wurde dringend geraten zu bestätigen, daß Raeburns Tod ein Unfall gewesen sei. Die Stimme flüsterte nur, aber wahrscheinlich war es ein Mann." Sie brachte es nicht über sich, ihm von der Erpressung zu erzählen, von der angedrohten Enthüllung. Sie wollte weder Marks Mitgefühl noch sein Verständnis. *Ich kann so tun, als sei gar nichts passiert – nur ist es deshalb nicht aus der Welt.*

Trocken bemerkte Bourke: „Was würde es uns für Ärger ersparen, wenn es tatsächlich ein Unfall war."

Carol nickte düster. „Das würde es." Das Telefon läutete. Hastig griff sie danach in der Hoffnung, es sei Sybil.

„Kommissarin Ashton? Hier ist Alanna Brooks."

„Ich möchte Sie sobald wie möglich sprechen."

„Ich Sie auch, Kommissarin, aber leider ist heute die Premiere von *Aida*, und da ich gestern soviel versäumt habe, bin ich heute praktisch durchgängig in der Probe. Aber ich möchte Ihnen einen Vorschlag machen und hoffe, daß Sie ihn annehmen können. Ich habe Karten für zwei Logenplätze und würde mich freuen, wenn Sie sich heute abend die Aufführung ansehen könnten und anschließend in meine Garderobe kämen. Dann werde ich gern all Ihre Fragen beantworten."

Carol dachte an ihr Haus, wie einsam es ohne Sybil wäre, und nahm die Einladung an.

Der Wind hatte sich gelegt, der Abend war zwar kühl, aber nicht kalt. Die Oper strahlte in vollem Glanz. Das in Flutlicht getauchte cremefarbene Dach mit seiner majestätischen Wölbung hob sich scharf gegen das dunkle wogende Wasser des Hafens ab, gegen die Rippen der Harbour Bridge, die grelle Vitalität der Stadt.

Carol traf Anne Newsome im Foyer. Die Wände hinter den soliden Säulen, auf denen das gewölbte Dach ruhte, waren ganz aus Glas, und die bunten Lichter der Stadt bildeten einen bewegten, ständig wechselnden Hintergrund für das hinter den geschwungenen Bars promenierende Publikum.

Mark Bourke hatte den Gedanken, in die Oper zu gehen, mit Schrecken von sich gewiesen, aber Anne war begeistert gewesen. „Ich weiß zwar, daß man sich heutzutage für eine Premiere nicht mehr in Schale werfen muß", hatte sie gesagt, „aber es ist eine tolle Gelegenheit, mal wieder die schnieken Fummel rauszuholen."

In Anbetracht der Vernehmung von Alanna Brooks und da sie, wie immer, einen coolen Eindruck vermitteln wollte, hatte Carol sich in Schwarz geworfen und dezente Goldclips angelegt, während Anne sehr viel gewagter aussah. Im Gegensatz zu ihrer sonst eher schlichten, bequemen Berufskleidung war sie nun eine atemberaubende Vision aus Metallicgrün. „Hinreißend, nicht?" sagte sie, als Carol verblüfft blinzelte.

„Umwerfend." Carol schnalzte mit der Zunge.

Douglas Binns hielt bereits unruhig nach ihnen Ausschau. „Kommissarin! Bitte, folgen Sie mir. Miss Brooks bat mich, Ihnen vor der Aufführung eine Erfrischung anzubieten."

Er reichte ihnen ein Glas Champagner, und Carol sah ihn an. „Mr. Binns, ich vermute, Sie wissen absolut alles, was in der Operngesellschaft vor sich geht?"

Hastig bestritt er das. „Keineswegs, Kommissarin. Sie müssen nämlich wissen, daß ich nur für dieses Opernhaus arbeite, nicht für die Eureka Gesellschaft, die hier nur Gastspiele gibt."

Carol bot ihr charmantestes Lächeln auf. „Trotzdem möchte ich Ihnen einige Fragen stellen." Und noch ehe er abwiegeln konnte, fuhr sie fort: „Ich bin mir Ihrer Position hier sehr wohl bewußt, Mr. Binns."

„Nun ja, gewiß, wenn ich Ihnen irgendwie helfen kann..."

Sie stellte ihm ein paar unverfängliche Fragen über die Verantwortlichkeiten in seinem Arbeitsbereich, und als seine Befangenheit nachließ, sagte sie: „Sie sind hier in einer Schlüsselposition, Mr. Binns, und könnten mir ein paar unparteiische Auskünfte über die zwischenmenschlichen Beziehungen in der Operngesellschaft geben."

„Ich höre nicht auf Klatsch", versicherte er eilig.

„Klatsch interessiert mich auch nicht, sondern Ihre persönlichen Eindrücke. Und natürlich wird alles, was Sie sagen, vertraulich behandelt." Er war hin und her gerissen, fühlte sich geschmeichelt und alarmiert. „Als Außenseiterin bin ich auf Ihren Einblick angewiesen, falls Sie mir helfen wollen", fuhr sie fort.

Hoffentlich habe ich nicht zu dick aufgetragen. Doch Douglas Binns stolzes Lächeln beruhigte Carol.

„Nun ja, Kommissarin, zwangsläufig muß ich wissen, was vorgeht..."

Dann war es einfach. Unbefangen schilderte er ihr das komplizierte Gewebe von Abhängigkeiten, Klüngeleien, Rivalitäten und offenen Feindschaften, die, wie er Carol erklärte, ja nicht anders seien als in den meisten Künstlerensembles. Ihre Fragen über Collis Raeburns Beziehungen beantwortete er mit einer Offenheit, die ihn selbst zu erstaunen schien. „Kommissarin, hoffentlich halten Sie mich nicht für einen Schwätzer. Nicht mal meine Frau weiß solche Einzelheiten..."

In diesem Moment läutete es zum erstenmal, bald würde *Aida* beginnen. Folgsam begaben die Leute sich zu den Eingängen.

Anne in ihrem Metallicgrün hatte es Binns ganz offensichtlich angetan, und animiert plauderte er mit ihr. „Wir haben fünfzehnhundert Sitzplätze", erklärte er, während er sie in ihre Loge hinaufführte.

Aus Gewohnheit blickte sich Carol aufmerksam um. Das Murmeln wurde stärker, je mehr Leute hereinströmten, dazwischen das Stimmen der Instrumente aus dem Orchestergraben. Sie sah auf die rotgepolsterten Sitzreihen in hellem Birkenholz herab. Überall erhoben sich Menschen, um die in der Mitte sitzenden durchzulassen. Das Licht war gedämpft, noch waren die Scheinwerfer über dem schweren Vorhang auf der Bühne nicht eingeschaltet.

Binns sah sich stolz um. „Die Akustik dieser Oper ist hervorragend", sagte er. „Sie hat einen Nachhall von einskommavier!" Sein Blick ging von Carol zu Anne, die beeindruckt sein sollten. „Sicher wissen Sie, daß Sängerinnen und Sänger keine elektronischen Verstärker benutzen."

„Wie kommt es, daß sie nicht im Orchester untergehen?"

Annes Frage schien ihm Spaß zu machen. „Ich denke, daß der populäre Gesang im allgemeinen – wenn nicht überhaupt – ein Produkt von Verstärkern und Toningenieuren ist. Für die klassische Oper gilt das nicht. Die Stimme ist ein Instrument, das die Sänger so vollkommen beherrschen können müssen, daß sie partnerschaftlich mit dem Orchester korrespondiert und oftmals sogar stärker ist."

„Sie konkurriert also nicht mit dem Orchester. Was geschieht eigentlich, wenn jemand auf der Bühne den Text vergißt? Schließlich singen sie ja in einer Fremdsprache und müssen gleichzeitig auch noch spielen", erkundigte sich Anne.

Binns genoß es sichtlich, ihr die rauhe Wirklichkeit der

Oper nahezubringen. „Die Sängerinnen und Sänger bekommen ein klein wenig Hilfe. Wenn gleich der Vorhang aufgeht, werden Sie die kleine Haube auf der Bühne sehen. Das ist der Souffleurskasten. Er befindet sich über dem Orchestergraben und ist furchtbar eng."

Das Fächern mit den Programmen und das Murmeln erstarben, als der Dirigent das Pult betrat. Beifall rauschte auf, dann drehte er sich zum Orchester. Sanft setzten die Violinen ein, die Ouverture begann. Carol entspannte die verkrampften Schultermuskeln, um besser in die Musik eintauchen zu können.

Langsam ging der Vorhang hoch und zeigte den Saal des Königspalastes mit Tempeln und Pyramiden im Hintergrund. Spontaner Applaus für das Bühnenbild und die prächtigen ägyptischen Kostüme brandete auf. Fasziniert verfolgte Carol Lloyd Clancys Auftritt auf der Bühne als junger Feldherr Radames, den die Göttin Isis zum Heerführer der Ägypter gegen die Äthiopier bestimmt hatte. Voller Inbrunst, mit großem melodischen Bogen, sang er nun „Celeste Aida". Carol hielt unwillkürlich den Atem an. Als der letzte Ton in donnerndem Applaus unterging, sagte Anne neben ihr: „Wow."

Über der Bühne kam in dezenter Leuchtschrift die Übersetzung in Untertiteln. Jetzt sang der Chor „Ritorna vincitor". Anfangs fühlte sich Carol durch die Untertitel sehr irritiert, doch allmählich gewöhnte sie sich daran und ihr war, als verstünde sie plötzlich italienisch.

Nun trat Alanna Brooks in der Rolle der Aida auf. Im ersten Moment fand Carol sie ein wenig zu erwachsen und zu kompakt, aber sobald sie zu singen begann, war dieser Eindruck weggewischt. Sie *war* Aida, Tochter des äthiopischen Königs, die als Sklavin von den Ägyptern erobert worden war und Radames liebte, den auch die ägyptische Königstochter Amneris liebte.

Nun folgte eine Tempelszene, und mit Chor und dem

Tanz der Priesterinnen zu stampfenden Klängen schloß sich der Vorhang, die Lichter flammten auf, das Publikum blinzelte, applaudierte und erhob sich zur Pause.

Nur ungern kehrte Carol in die Realität zurück und saß schweigend da, während Binns sich mit Anne unterhielt, was für ein Glück es doch sei, daß Edward Livingston nicht versucht hatte, auch diese Oper zu modernisieren. Carol nippte gedankenverloren an ihrem Champagner, den Binns mit selbstbewußter Leichtigkeit hervorgezaubert hatte. Diese Dreiecksbeziehung in *Aida* brachte Carol zu ihrem eigenen Leben zurück, zu ihrer Beziehung zu Sybil, und unwillkürlich mußte sie an Madeline denken, daran, wie sehr sie physisch auf sie reagiert hatte. Unwillig richtete sie ihre Gedanken auf ihre Ermittlung. War Collis Raeburn womöglich auch in eine romantische Dreiecksbeziehung verwickelt gewesen? Hielt vielleicht ein eifersüchtiger Liebhaber den Schlüssel zu seinem Tod?

Der dritte Akt hatte längst begonnen, und noch immer konnte Carol ihre Gedanken nicht von dem Fall losreißen. Sie fragte sich, was die Motive gewesen sein mochten, die zu Collis' Tod geführt hatten. Wer, ob Mann oder Frau, hatte ihn vielleicht erst geliebt, dann so stark gehaßt, um ihn umzubringen? Dann schoß ihr plötzlich ein Gedanke durch den Kopf: Könnte er möglicherweise tatsächlich Selbstmord begangen haben, weil er nicht verwinden konnte, daß er unwissentlich eine geliebte Person mit dem AIDS-Virus infiziert hatte?

Erst im vierten Akt beim Tempel der Isis am Ufer des Nils konnte sie sich wieder auf die Oper konzentrieren. Hingerissen lauschte sie der melodischen Musik. Dann sang Alanna Brooks das Finale, „Leb wohl, o Erde, o du Tal der Tränen“, erklärten die Untertitel. Und verzaubert von ihrer ergreifenden Stimme schloß Carol die Augen.

Später, als sie und Anne Binns durch das Labyrinth der Gänge folgten, verflog die verzauberte Stimmung, in die sie die Aufführung versetzt hatte. Sie kamen an den Priestern vorbei, die noch vor wenigen Minuten die Gruft mit dem Stein verschlossen, Radames und Aida bei lebendigem Leib eingemauert und verflucht hatten. Sie unterhielten sich aufgekratzt, während sie in ihre Garderoben gingen.

Die Birkenholztür zu Alanna Brooks Garderobe stand offen, dahinter tummelten sich Leute, es war laut. Binns scheuchte sie alle hinaus, ehe er Carol und Anne hereinbat.

Beim erstenmal hatte Carol Alanna Brooks nur kurz im abgedunkelten Zimmer gesehen und sich kaum einen Eindruck verschaffen können. Jetzt, nachdem sie ihre phantastische Aufführung gesehen hatte, war sie um so gespannter auf die große Diva.

Die Primadonna saß vor dem Spiegel und schminkte sich gerade ab. Als Carol sie nun von nahem betrachtete, war der Bühnenzauber verflogen. Sie war kleiner, als Carol erwartet hatte, ein wenig korpulent in der Taille und hatte einen großen Busen. Ihr Haar war rotbraun und ihre blasse Haut etwas fleckig. Die Falten an den Augen waren Lachfalten. Sie trug eine amüsierte Zuversicht zur Schau, die sie sehr viel jünger wirken ließ. „Kommissarin Ashton! Endlich! Es tut mir sehr leid, daß ich Ihnen die Sache so schwierig gemacht habe."

Das dunkle Timbre ihrer Stimme verblüffte Carol völlig. Genauso wie Anne, die jetzt zu Alanna sagte: „Was für eine tiefe Stimme Sie haben..."

„Und doch singe ich so hoch." Sie lachte herzlich. „Das sagen mir viele Leute. Bei Sprechstimmen kann man nicht immer auf den Umfang einer Singstimme schließen. Ich habe als Mezzosopranistin begonnen und dann, durch Übung, die hohen Lagen erweitert. Das ist nicht ungewöhnlich – Joan Sutherland war anfangs auch keine Sopranistin."

Carol wäre gern zur Sache gekommen. Sie warf Anne einen auffordernden Blick zu, und die Assistentin zog ihr Notizbuch hervor. Carol gratulierte der Diva zu ihrer Premiere, dann fragte sie unumwunden: „Können Sie mir irgend etwas über Mr. Raeburns Tod sagen?“

„Der arme Collis. Was er getan hat, war wirklich schrecklich.“

„Haben Sie geahnt, daß er sich umbringen könnte? Hat er in den Tagen zuvor irgendeine Andeutung gemacht oder etwas getan?“

Alanna hatte sich wieder zum Spiegel umgedreht und cremte sich das Gesicht ein. „Nicht mehr als gewöhnlich. Collis war immer recht launisch.“ Sie lächelte Carol an. „Wir von der Oper sind alle ein wenig verrückt, wissen Sie. In unserer Arbeitszeit schmieden wir Komplotte, Meuchelmorde, werden geraubt, vergewaltigt, erstochen oder leiden die Qualen unerwiderter Liebe, nimmt es da also Wunder, daß wir manchmal aus dem Gleichgewicht sind?“

Carol erwiderte ihr Lächeln nicht. „Wollen Sie damit sagen, daß Mr. Raeburn kein Gleichgewicht hatte?“

Alannas Lächeln erstarb. „Natürlich nicht!“ Und nach einer Weile: „Nun, so muß es wohl gewesen sein, wenn er so etwas tat.“

„Sie nehmen also an, daß es Selbstmord war?“

Alanna starrte sie an. „War es das denn nicht?“

„Wir wissen es nicht – noch nicht.“

„Kenneth Raeburn beteuerte, daß es ein Unfall war. Er hat Sie doch auch davon überzeugt, oder nicht?“

Carol überging den kaum wahrnehmbaren verächtlichen Unterton und sagte nur: „Ich wußte gar nicht, daß Sie und Collis' Vater befreundet sind.“

„Befreundet? Wohl kaum, Kommissarin. Er wollte, daß Collis mich zugunsten von Corinne fallenließ, und er war wütend, als Collis sich weigerte.“

„Ms Jawalski vermittelte mir den Eindruck, daß sie ganz sicher war, an Ihre Stelle zu treten."

Alanna warf den Kopf zurück und lachte. „Großartige Stimme und Spatzenhirn – das ist unsere Corinne!" Sie schien sich köstlich zu amüsieren.

„Besteht die Möglichkeit", fragte Carol, „daß Mr. Raeburn Ihnen eine Geschichte und Corinne Jawalski eine andere erzählt hat?"

Alanna schmunzelte noch immer. „Nein", sagte sie. „Ich habe das mit Collis geklärt, und er hat mir gesagt, er riefe Corinne an, um ihr zu sagen, daß sie sich jede Hoffnung darauf, an meine Stelle zu treten, aus dem Kopf schlagen soll." Sie sah Carols Skepsis und fügte hinzu: „Ich kannte Collis sehr gut, Kommissarin. Wenn er sagte, er würde etwas tun, dann tat er es auch." Sie lächelte bitter. „Man mußte ihn freilich erst festnageln. Manchmal war er glatt wie ein Aal, wissen Sie. Aber wenn er etwas versprochen hatte, hielt er es auch."

„Sie kannten ihn schon, als Sie beide noch am Anfang Ihrer Karriere standen."

Auf Carols Bemerkung folgt plötzliche Stille. „Wir kannten uns schon, als wir jung waren", sagte Alanna schließlich und lächelte spöttisch über sich selbst. „Er war um einiges jünger als ich, genau gesagt."

„Sie waren ein Liebespaar?"

Alanna legte den Kopf schief. „Worauf wollen Sie hinaus, Kommissarin? Das ist doch ein alter Hut. Ich sage Ihnen nur ungern, wie viele Jahre das her ist."

„Wie ich hörte, haben Sie Ihre Beziehung vor kurzem wieder aufgefrischt."

Die Diva ließ einen spöttischen Laut hören. „Gewiß, aus PR-Gründen. Es verschafft dem Publikum einen Kick zu glauben, wir seien privat ein Liebespaar wie auf der Bühne. An der Sache war überhaupt nichts dran. Wir beide hielten diese Schmierenkomödie für die Medien aufrecht, obwohl sie ja nicht allzu viel Aufhebens davon gemacht haben."

„Wäre also die männliche Hauptrolle in Ihrem Part nicht mit Collis Raeburn besetzt, sondern, sagen wir, mit Lloyd Clancy, hätten Sie dann auch mit ihm für die Medien das Liebespaar gespielt?"

Alanna atmete tief durch. „Nicht mit Lloyd Clancy, nein."

„Wo wäre da der Unterschied gewesen? Publicity ist Publicity."

„Das alles ist doch überhaupt nicht relevant."

„Ich entscheide, was relevant ist, Ms Brooks", zeigte ihr Carol die Zähne. „Wollen Sie damit andeuten, daß Sie Lloyd Clancy nicht mögen?"

„Ihn mögen? Ich verachte ihn." Dann hob sie die Hand. „Schon gut, schon gut, Sie wollen wissen, warum. Wir sind einmal persönlich aneinandergeraten, nicht mehr und nicht weniger." Carol wartete. Widerstrebend fuhr Alanna fort, und ihr blasses Gesicht errötete: „Wie ich sehe, muß ich wohl offen mit Ihnen sein, auch wenn mir das peinlich ist. Die Sache ist die, daß ich mal in Lloyd verliebt war, aber er nicht in mich. Er hat mich ziemlich brutal vor den Kopf gestoßen und..." Sie zuckte die Achseln. „Da haben Sie's."

Carol stellte noch weitere Fragen zu der Beziehung mit Collis, die Alanna immer gefaßter parierte. „Haben Sie das *Handbuch zur Sterbehilfe* gelesen?" fragte Carol dann.

„Nein, aber ich war dabei, als Collis es gekauft hat."

Annes Kopf zuckte hoch. Carol fragte: „Wann war das?"

„Vor zwei Wochen vielleicht, glaube ich. Wir waren zusammen in der Stadt einkaufen und gingen auch in einige Buchhandlungen. Ich weiß nicht mehr genau, in welcher Collis das Buch gekauft hat. Er sagte, es interessiere ihn wegen dieser Sache vor Gericht."

„Haben Sie es gelesen?"

„Ich?" fragte Alanna erstaunt. „Natürlich nicht. Warum

hätte mich das interessieren sollen?" Ihr Ausdruck veränderte sich. „Komisch, Kenneth Raeburn hat mich das auch schon gefragt."

„Und warum?"

„Er kam heute abend kurz vor der Aufführung." Alanna zuckte irritiert die Schultern. „Dieses Wispern kann ich einfach nicht ertragen. Können Sie's?"

Carol schmunzelte insgeheim über diesen Versuch der Solidarisierung – ein Schachzug, den sie schon kannte. „Fahren Sie fort", sagte sie.

„Er sagte mir, es stünde praktisch einwandfrei fest, daß es ein Unfall gewesen sei, daß Collis sich aus Versehen getötet habe, nur dieses Handbuch im Zimmer sei ein Problem. Er fragte mich, ob ich's gelesen hätte, und als ich wissen wollte, warum, sagte er, er hätte gedacht, es sei meins, und ich hätte es Collis geliehen."

„Glauben Sie, daß er das ernst gemeint hat?"

„Nein", antwortete Alanna entschieden. „Damit gab er mir durch die Blume zu verstehen, daß er wollte, ich sollte sagen, es sei mein Buch, Collis wäre nicht losgegangen und hätte es für sich selbst gekauft. Sehen Sie, Kommissarin, sobald er das gesagt hatte, redete er über meine Karriere: Wie sie befördert oder behindert werden könnte."

„Und was hat er Ihnen damit sagen wollen?" fragte Carol verwundert.

„Nun, daß es zu meinem Vorteil wäre, wenn ich mit ihm zusammenarbeite, und wenn nicht, täte mir das noch sehr leid."

„Haben Sie das ernst genommen?"

„Sicher", erwiderte Alanna. „Kenneth Raeburn ist mit Vorliebe der Drahtzieher – er hat etwas Napoleonisches, finde ich. Wäre er doch nur größer gewachsen, das wäre für alle etwas leichter gewesen."

8

Am Samstagmorgen zeigte sich trügerisch die Sonne, es wehte ein eisiger Wind. Carol war schon früh aufgestanden und hatte mit Olga, der Schäferhündin ihrer Nachbarn, ihren Morgenlauf absolviert. Anschließend beim Frühstück hatte sie sich in das *Handbuch zur Sterbehilfe* vertieft und es fast zu Ende gelesen, als draußen ein wildes Hupen ertönte. Das war echt Justin. Oh, wie hatte sie es schon immer gehaßt, daß er so breit in seinem Wagen saß und gebieterisch die Leute mit seinem Gedröhn zu sich befahl. Fluchend legte sie das Buch beiseite und ging nach draußen. David und Tante Sarah waren fast gleichzeitig eingetroffen, David stürzte aus dem väterlichen Mercedes, Tante Sarah stieg aus dem Taxi.

Beim Anblick ihres Sohnes ging Carol das Herz auf, die Intensität ihrer Liebe erschreckte sie fast. Schon der Gedanke an ihn erfüllte sie mit solcher Zärtlichkeit, und wenn sie dann mit ihm zusammen war, wurde ihr jedesmal bewußt, wie sehr sich ihre Gefühle für David ihrer Kontrolle entzogen. Für ihn könnte – und würde – sie jedes Opfer bringen.

Sie umarmte ihn und Tante Sarah, wünschte Justin und Eleanor eine gute Reise, denn sie waren spät dran und konnten sich nicht länger aufhalten. Dann führte sie ihren Sohn und ihre Tante ins Haus. Sogleich stürzte David auf die Terrasse, um Sinker und Jeffrey aufzustöbern, die sich den einzigen windgeschützten Sonnenflecken für ihr Nickerchen ausgesucht hatten.

„Wo ist Sybil?" erkundigte sich Tante Sarah, die ihre rote Wolljacke ablegte, unter der eine lilafarbene Bluse hervorkam.

Carol spürte einen Kloß im Hals. So sachlich wie möglich erklärte sie: „Sie ist in ihr Haus zurückgezogen, ich hätte es dir sonst am Telefon gesagt, aber da du gekommen bist, wollte ich es dir lieber persönlich sagen."

Tante Sarah, so kurz wie breit und ein Energiebündel, schnappte sich die beiden prallen Reisetaschen, die sie schon selbst ins Haus getragen und Carols Hilfe abgelehnt hatte. „Richtig, Carol. Ich bringe meine Sachen eben in mein Zimmer, inzwischen machst du mir eine Tasse Tee – du hast übrigens vergessen, sie mir anzubieten, wie ich bemerken darf –, und dann kannst du mir alles erzählen."

Carol sah ihrer Tante nach, die durch den Flur marschierte, ihr kurzes weißes Haar war vom Wind ganz zerzaust, ihr gebräuntes, faltiges Gesicht so beredt. Carol liebte sie sehr, auch wenn sie sich manchmal über sie aufregte, und ließ sich von ihr aufgrund der gegenseitigen Zuneigung mehr sagen, als sie zugegeben hätte.

Carol hatte gerade den Tee eingeschenkt, als Tante Sarah zurückkam. „Nun erzähl mir alles, bevor David genug hat, die Katzen zu ärgern – das sollte man ihm übrigens nicht durchgehen lassen." Sie musterte Carol aufmerksam. „Seufze nicht, Carol, heraus mit der Sprache."

Carol wußte nicht recht, wie sie anfangen sollte. „Tante Sarah, ich habe es dir nie erklärt, aber Sybil und ich, wir..."

„Sind ein Liebespaar. Oder ist *waren* richtiger?"

Carol wand sich. „Sind, glaube ich. Aber ich bin mir nicht sicher."

Tante Sarah rührte energisch den Zucker in ihrer Tasse um. „Das sieht dir aber gar nicht ähnlich, daß du unsicher bist. Bisher warst du dir immer ganz klar, meine Liebe."

Carol wurde bewußt, was für eine große Erleichterung es ihr war, sich einer Person anzuvertrauen, deren Liebe unerschütterlich war. „Sybil sagt, wir hätten uns auseinanderentwickelt. Ich würde nicht mit ihr Schritt halten, es nicht mal versuchen. Sie will, daß ich mich ändere – und das kann ich nicht.“ Sie hörte selbst den Groll in ihrer Stimme.

Tante Sarah marschierte zur Schiebetür. „David, Katzen wollen nicht spielen, wenn sie sich schlafen legen. Du störst und ärgerst sie. Laß mich das nicht noch einmal sehen.“ Sie setzte sich wieder auf die Bank. „Ist da jemand anders?“

„Nein, damit hat es gar nichts zu tun.“

„Sondern mit deinem Job“, sagte Tante Sarah scharfsinnig.

Carol erzählte ihr von der Einladung zur Hochzeit. „Das ist natürlich nur ein Auslöser. Sybil will einfach nicht akzeptieren, daß ich mich weiterhin verstecken muß. Dabei habe ich gar nicht die Wahl. Wenn ich meinen Job gut machen will, ist es doch nur eine der Grundregeln.“

„Wo ist Sybil?“ David war hereingekommen und brachte einen Schwall kühler Luft mit ins Zimmer.

Carol sah ihn an und wurde weich. Das blonde Haar und die grünen Augen hatte er von ihr, im Knochenbau ähnelte er mehr seinem Vater. „Sie ist in ihrem Haus am Strand. Als ich heute morgen mit ihr telefoniert habe, hat sie dich und Tante Sarah zum Mittagessen eingeladen. Ich muß leider arbeiten, aber ich fahre euch beide hin und hole euch später am Nachmittag wieder ab.“

„Darf ich schwimmen gehen?“

„Natürlich nicht“, sagte Tante Sarah. „Dazu ist es noch viel zu kalt. Aber wir können versuchen etwas zu fischen. Hast du eine Angel für mich?“ Als David nach seinem Angelzeug schaute, das er immer bei Carol ließ, tröstete Tante Sarah sie. „Nimm es nicht allzu schwer, Carol. Ich habe deinen Onkel mindestens dreimal verlassen.“

„Jetzt übertreibst du aber.“

Tante Sarah runzelte die Stirn. „Willst du etwa deine nächste Anverwandte eine Lügnerin nennen?“

Carol grinste. „Bewahre, das würde ich doch nie wagen.“

***

In ihrem schwarzen Freizeitanzug, der ihre rote Mähne noch mehr zur Geltung brachte, begrüßte Sybil David und Tante Sarah sehr herzlich und Carol eher reserviert.

„Ich habe Tante Sarah die Situation erklärt."

„Sie wird nicht Partei ergreifen, Carol", entgegnete Sybil bestimmt.

Carol schnappte sofort ein: „Ich würde sie auch nicht darum bitten."

Während sie in die Stadt fuhr, fragte sich Carol, ob das stimmte. Was würde sie empfinden, wenn ihre Tante ihr sagte, daß Sybil recht habe und Carol sich ändern müsse? Ein ziemlich müßiger Gedanke – sie war irritiert und sauer. Erleichtert betrat sie ihr Büro, hier konnte sie in die Rolle schlüpfen, die sie am besten spielte.

Gerade als das Telefon klingelte und man ihr meldete, daß Kenneth Raeburn sie sprechen wolle, kam Mark Bourke zur Tür herein.

Bald darauf erschien Raeburn. „Kommissarin Ashton", begrüßte er sie mit sanftem Lächeln, „vielen Dank, daß Sie mich empfangen."

Sie stellte ihm Mark vor, und wieder erinnerte er sie an einen aggressiven Kampfhahn, der sich aufplusterte. Er warf sich in die Brust und erhob sich fast auf die Zehenspitzen, als er Bourke, der ihn um einiges überragte, heftig die Hand schüttelte. Dann trat er rasch ein paar Schritte zurück, damit der gravierende Unterschied nicht so ins Auge fiel, und fragte: „Soll ich hier Platz nehmen, Kommissarin?"

Carol wartete, bis die beiden Männer sich gesetzt hatten. „Ich habe mich gestern abend mit Alanna Brooks unterhalten", sagte sie dann.

„Wundervoller Sopran. Collis ließ nichts auf sie kommen."

„Sie sagte, sie hätte den Eindruck gehabt, als versuchten

Sie ihr einzureden, daß sie sagen solle, das *Handbuch zur Sterbehilfe* im Hotelzimmer sei ihres. Es habe gar nicht Ihrem Sohn gehört."

Er zupfte sich einen unsichtbaren Fussel von seinem dunkelblauen Anzug, zu dem er eine rote Krawatte trug. „Das hat Alanna wohl gründlich mißverstanden", erklärte er. „Wir haben zwar über das Buch gesprochen, aber ich habe doch nicht versucht, ihr irgendwas einzureden."

„Sie haben sie unmittelbar vor der *Aida* aufgesucht."

„Ja?" fragte er höflich.

„Da es die Premiere war, ging es zu einem so ungünstigen Zeitpunkt wohl kaum um ein kleines Pläuschchen. Warum haben Sie sie aufgesucht?"

„Ich kann mir kaum vorstellen, was das mit Ihrer Untersuchung zu tun hat", antwortete er feindselig. „Aber wenn Sie es unbedingt wissen müssen: Ich wollte von ihr hören, in welcher Verfassung Collis war, als sie ihn das letztemal gesehen hat."

Carol warf Bourke einen Blick zu, der Raeburn nun fragte: „Es ist fast eine Woche her, daß Ihr Sohn gestorben ist, aber Sie haben sich erst jetzt mit Alanna Brooks unterhalten?"

„Hm, nein. Sie hat mich schon vorher angerufen und kondoliert, aber ich hatte das Gefühl, sie unbedingt persönlich sprechen zu müssen."

Das machte auf Bourke keinen Eindruck. „Es war ein sehr ungünstiger Zeitpunkt, unmittelbar vor einer so bedeutenden Premiere", wiederholte er.

Raeburn lief rot an. „Mein Sohn ist tot! Was schert es mich, ob der Zeitpunkt günstig ist oder nicht!"

Jetzt griff Carol wieder ein. „Waren Collis und Alanna ein Liebespaar?"

„Vor vielen Jahren, ja, als sie beide am Anfang standen. Aber nicht danach. Collis hat sich nämlich für Corinne Jawalski interessiert." Er hielt inne, ahnte bereits die nächste Frage und fuhr mit so leiser Stimme fort, daß Carol die Ohren spitzen mußte: „Ich weiß nicht, ob sie eine Liebesbeziehung hatten, da müssen Sie Corinne fragen."

„Ms Brooks sagt, daß Sie lieber Corinne als Partnerin Ihres Sohnes gesehen hätten."

„Das spielt doch jetzt keine Rolle mehr – vorher dachte ich an die Zukunft. Ich glaube, daß Corinne noch ganz groß herauskommt."

Bourke schlug einen Schnellhefter auf. „Edward Livingston sagte uns, Alanna Brooks sei ein Kassenmagnet mit garantierter Fangemeinde. Wäre es in Anbetracht der angespannten finanziellen Lage Ihres Familienunternehmens nicht klüger gewesen, bei Altbewährtem zu bleiben?"

Raeburn schien sich vor Wut immer mehr aufzuplustern. Sein Nacken wölbte sich über dem engen weißen Hemdkragen. „Was haben Sie da? Wo haben Sie jetzt wieder rumgeschnüffelt?"

Wortlos reichte ihm Bourke die Unterlagen.

Raeburn blätterte sie durch und sagte dann: „Also gut. Es gibt ein momentanes Liqiditätsproblem. Kein Grund zur Besorgnis, das ist nur vorübergehend."

Mark spitzte die Lippen. „Ihr Sohn wußte davon? Wenn er davon gewußt hat, könnte es ihn bedrückt haben?"

„Die finanziellen Dinge interessierten ihn nicht. Er überließ alles mir. Wie ich schon sagte, war es ja nur ein vorübergehendes Problem."

„Ich habe diese Unterlagen einem Buchprüfer vorgelegt", sagte Bourke fröhlich. „Er meinte, Ihnen stünde das Wasser Oberkante Unterlippe."

Eine Weile später, als Carol und Mark noch einmal alle Fakten durchgingen, läutete das Telefon. „Carol, könntest du auf dem Heimweg bei mir vorbeikommen? Es ist etwas passiert, das du wissen solltest."

„Kannst du es mir nicht am Telefon sagen?“

„Nein, das geht nicht. Ich bin den ganzen Nachmittag zu Hause, du kannst jederzeit kommen.“

„Madeline Shipley“, erklärte Carol, indem sie auflegte. „Wenn sie irgend etwas Wichtiges hat, rufe ich dich an.“

„Wir haben noch immer keine Identifikationen auf den Fotos, aber heute ist Samstagnacht, da kommen die Jungs auf die Spielwiese, also habe ich ein paar Männer mobilisiert, um die Bars in der Oxford Street abzugrasen.“ Er grinste. „Ich bin ja nicht sexistisch, Carol, aber dies ist nun wirklich ausnahmsweise ein Männerjob.“

Carol stützte das Kinn auf die Hand. „Okay, bringen wir die Sache hinter uns, damit wir beide nach Hause können.“

Er reichte ihr eine sauber geschriebene Liste. „Der Zeitpunkt des Todes ist so vage, daß offenbar sämtliche Liebsten und Nächsten ihn hätten ins Jenseits befördern können, ganz zu schweigen von seinen Feinden.“ Sie gingen zusammen die Liste Namen für Namen durch.

Kenneth und Nicole Raeburn hatten übereinstimmend ausgesagt, praktisch den ganzen Samstag und Sonntag zu Hause gewesen zu sein. „Sie haben sich gegenseitig ein Alibi verschafft“, sagte Bourke, „das will also nicht viel heißen.“

„Motive?“

„Kenneth Raeburn sitzt finanziell in der Klemme, und den Gerüchten nach hatte sein Sohn die Absicht, ihm den Stuhl vor die Tür zu setzen und das Familienunternehmen einem versierten Geschäftsführer anzuvertrauen. Die Versicherungssumme bei Unfalltod brächte ihm achthunderttausend ein, und vorausgesetzt, daß sich die HIV-Geschichte vertuschen läßt, kann er dann wieder mit den Familienpfründen jonglieren.“ Mark verzog den Mund. „Nun zur Schwester, die mir in mehrerer Hinsicht verrückt zu sein scheint, was ihren Bruder angeht. Aber die Art, wie er aus dem Weg geräumt wurde, ist viel zu diszipliniert, als daß sie dafür in Frage käme, meine ich. Sie gehört zu denen, die den Kopf verlieren, ihn von einem Hochhaus schubsen und sagen würden: Huch, und dann ist er gestolpert..."

Corinne Jawalski hatte behauptet, sie hätte sich in der Stadthalle *Elias* angehört. Aber nach Annes Ausführung hatte sie genügend Zeit, Collis aufzusuchen und sich anschließend wieder ins Publikum zu begeben, ehe das Oratorium vorüber war.

„Wie wär's mit bitterer Kränkung als Motiv?" fragte Bourke. „Sie glaubt, die Primadonna ausgetrickst zu haben, dann kneift er und sagt, daß er bei Alanna bleibt und sie leider Pech gehabt hat."

„Das scheint mir kein ausreichendes Motiv für einen vorsätzlichen Mord."

„Und wie wäre es", spekulierte Mark grimmig weiter, „wenn er sie mit dem Virus infiziert hätte? Wäre das ein hinreichendes Motiv?"

Graeme Welton war allein gewesen und hatte das ganze Wochenende an der Endfassung von *Dingo* gearbeitet, alle Anrufe ignoriert und somit kein Alibi. Bourke spekulierte fröhlich weiter: „Welton ist ein Freund von Nicole, obwohl Gott allein weiß, was da für ihn rausspringt. Vielleicht hat er ihren Bruder auf ihren Wunsch hin beseitigt, um Papis Pfründe zu sichern und Collis eins auszuwischen, weil er an seiner Oper herumgemäkelt und sie für einen Flop gehalten hat."

Als Carol erklärte: „Er hatte eine sexuelle Beziehung mit Collis, und seinen HIV-Status kennen wir nicht...", verging ihm das Lachen.

Edward Livingston hatte Samstagabend eine Gruppe von Damen der Gesellschaft, ein einflußreiches Wohlfahrtskomitee, das Spenden sammelte, durch die Oper geführt. Die anschließende Cocktailparty hatte um acht im kleinen Playhouse Theater mit einem Cembalorezitativ begonnen. „Livingston hätte nichts vorzutäuschen brauchen", sagte Mark. „Er hätte einfach hinausschlüpfen, zum Hotel gehen, mit Raeburn abrechnen und rechtzeitig genug zurück sein können, um den Damen beim Abschied zuzulächeln."

„Und er hätte Collis den Tod wünschen können, weil er drauf und dran war, ihn zu verlieren. Selbst wenn Livingston ihn auf den Vertrag festgenagelt hätte, wäre ein langwieriger Rechtsstreit teuer und peinlich geworden."

Alanna Brooks und Lloyd Clancy waren beide zu Gast auf einer Vernissage eines alten, aber sehr produktiven Malers im Museum of Modern Art, ganz in der Nähe von Raeburns Hotel. „Pat war auch da", erklärte Mark, „und sie erinnert sich, mit beiden zu verschiedenen Zeiten geplaudert zu haben, aber sie weiß nicht genau, wann. Von halb acht an sei ein ständiges Kommen und Gehen gewesen und ein ziemliches Gedränge. Es dauerte bis nach elf Uhr abends, und ich überprüfe noch weiter die Gästeliste, um zu sehen, ob ich etwas Konkreteres in Erfahrung bringen kann."

„Also weiter, Mark – Alanna Brooks hat ihn umgebracht, weil er sie als Primadonna fallenlassen wollte... und vielleicht gibt es hier auch eine Liebesgeschichte, eine Dreiecksbeziehung, in die entweder Corinne Jawalski oder Graeme Welton verwickelt sind."

Bourke gähnte. „Entschuldige, Carol, gestern ist es ziemlich spät geworden – wohl hundertmal, wie mir scheint, haben wir diese Hochzeit geprobt. Wer ist denn jetzt noch übrig? Lloyd Clancy. Und Mr. X." Wieder gähnte er. „Clancy hat ein Motiv, weil Collis Raeburn ihn übertrumpfte. Mir würde so was zwar keine Angst machen, aber schließlich bin ich ja auch kein Opernsänger."

„Dein Glück."

„Nun mal Kopf hoch", sagte Bourke, „wenn dir keins dieser Motive gefällt, haben wir immer noch Mr. X – den Typ, dem Raeburn es heimzahlen wollte, wie er seiner Gesangslehrerin gesagt hat. Vielleicht ist Mr. X ihm ja auch zuvorgekommen."

Carol grübelte. „Muß nicht unbedingt Mr. X gewesen sein, der ihn infiziert hat. Es könnte auch eine Frau gewesen sein."

***

Madeline, in rostbraunem Leinenhemd und engen weißen Jeans, öffnete die Tür.

„Ich muß David und Tante Sarah bei Sybil im Strandhaus abholen, deshalb kann ich nur einen Moment bleiben", erklärte Carol.

Sie hatte es ganz bewußt gesagt, und Madeline schaltete augenblicklich. „Bei Sybil im Strandhaus? Hat sie dich verlassen, Carol? Oder hast du sie rausgeworfen?" Sie biß sich auf die Lippen. „Das hätte ich wohl nicht sagen sollen."

„Warum wolltest du mich sprechen?"

Madeline gefror bei dem frostigen Ton. „Willst du nicht hereinkommen? Bitte..."

Carol folgte ihr durch den kurzen Flur in das bezaubernd möblierte Wohnzimmer mit den Plattenglasfenstern, die auf eine gepflegte Gartenanlage hinausgingen. Madelines physische Gegenwart war ihr schmerzlich bewußt, auch der wiederaufwallende Zorn auf Sybil. Entschlossen sah Carol aus dem Fenster auf die Büsche, an denen der Wind zerrte.

„Amos Berringer ist verschwunden."

Carol blickte sie an. „Ist ihm etwas passiert?"

„Nein. Er ist abgetaucht. Ich glaube, jemand hat ihn mit Geld zum Schweigen gebracht."

„Weißt du, wer?"

Madeline schüttelte das glänzende kupferfarbene Haar. „Ich dachte, eure Leute könnten das vielleicht rauskriegen. Ich habe den Verdacht, daß es möglicherweise der Vater war, der die Sache vertuschen will. Aber andererseits kann es auch sein, daß Collis ein paar harte Jungs kannte, von denen wir noch nicht wissen." Sie nahm eine Ledermappe vom Beistelltisch. „Dies sind Aussagen, Notizen, der Bericht eines Privatdetektivs, den wir auf Berringers Fährte gesetzt haben – alles, was wir recherchiert und gesammelt haben." Sie lächelte ein wenig. „Ich kooperiere mit der Polizei, Carol. Willst du nicht auch mit mir kooperieren?"

„Inwiefern?"

„Du und Sybil, habt ihr euch getrennt?"

Carol stand auf. „Das steht hier nicht zur Debatte."

„Es ist wichtig für mich."

„Warum?"

„Du weißt, warum, Carol."

Carol sah auf ihre Uhr. „Ich muß jetzt gehen."

Madeline lachte, als hätte sie einen Sieg errungen. „Dann geh", sagte sie.

***

Als Carol, David und Tante Sarah nach Hause kamen, war es bereits dunkel. Während Tante Sarah David vor dem Abendessen ein Bad einließ, hörte Carol ihren Anrufbeantworter ab.

Die gleiche Stimme wie zuvor flüsterte ihr eine Wahrnung aufs Band: *Sie haben nicht richtig zugehört, Carol Ashton. Es war ein Versehen, eine Überdosis. Warum sagen Sie das nicht einfach... oder wollen Sie, daß alle Welt erfährt, was Sie und Sybil Quade im Bett treiben? Collis Raeburns Tod war ein Unfall. Sorgen Sie dafür, daß das in Ihrem Bericht steht.*

Tante Sarah war hereingekommen, aus dem Bad klang lustiges Planschen. „Wer war das?" fragte sie.

Ihre Tante bewegte sich noch immer mit ungebrochener Energie und riß weniger enthusiastische Menschen mit. Außerdem war sie hartnäckig, und Ausflüchte waren ganz sinnlos. „Es ist nur ein anonymer Anrufer mit schlechten

Manieren", sagte Carol und hörte erschrocken ein leises Zittern in ihrer Stimme. „Man will mich davon überzeugen, daß Collis Raeburn aus Versehen eine Überdosis genommen hat."

Wortlos drückte Tante Sarah ihr tröstend die Hand. Offenbar merkte sie, daß Carol um Fassung rang. Dann fragte sie trocken: „Wieso schlechte Manieren?"

Das brachte Carol wieder auf den Boden „Anonymität verleitet die Leute oftmals zu Drohungen oder zu bildhaften Schilderungen von Gewalt oder Sex... Dieser Mensch hier ist außergewöhnlich höflich, wenn du bedenkst, daß er, oder sie, mir droht."

Tante Sarah blickte sie besorgt an. „Womit droht man dir? Daß man dir etwas antut?"

Sie brachte die Worte nur schwer über die Lippen. „Man will öffentlich machen, daß ich lesbisch bin, Tante Sarah. Nur das."

„Was gedenkst du zu tun?"

„Abwarten", sagte Carol mit bitterer Resignation. „Mir bleibt gar nichts anderes übrig. Vielleicht bleibt die Sache folgenlos. Wenn nicht... werde ich mir den Kopf zerbrechen, wenn es dazu kommt."

Wenn es dazu kommt? Was wird aus meiner Karriere? Und Sybil – habe ich unsere Beziehung einer scheinbaren Sicherheit geopfert? Einer Illusion?

Tante Sarah stellte den elektrischen Wassertopf an. „Tee, Carol. Du mußt aufhören, immerfort Kaffee zu trinken – ich hab' dir gesagt, wie schädlich das ist, warum bist du nur so stur?"

„Bin ich tatsächlich so unverbesserlich?"

Tante Sarah wurde auf einmal ernst und legte ihre Hand auf Carols Arm. „Carol, ich liebe dich. Bitte, vergiß nicht, daß du mit mir über absolut alles reden kannst. Das weißt du, nicht wahr?"

Resigniert fragte Carol: „Hat dein Besuch bei Sybil das hier in Gang gesetzt?“

„Nein, obwohl sie mit mir über dich gesprochen hat.“

„Na, großartig!“

Tante Sarah schürzte die Lippen. „Du teilst dich nicht wirklich mit, Carol, das ist dein Problem. Wie soll irgendwer wissen, was du denkst und fühlst, wenn du dich nach außen so cool gibst?“

„Offenbar hast du keine Probleme damit.“

Tante Sarah grinste über Carols bissigen Ton. „Ich kenne dich ja, seit du ein Baby warst, das ist der Grund. Für mich warst du immer ein offenes Buch.“

Sie reichte Carol eine Tasse Tee. „Und sag nicht, du willst Zucker. Das ist gar nicht gut für dich.“

„Ich nehme nie Zucker.“

„Um so besser.“

Carol strich mit dem Finger über den Tassenrand. „Tante Sarah, was sage ich David?“

„Sag ihm die Wahrheit“, erklärte ihre Tante offen.

Carol seufzte. „Justin setzt mich unter Druck. Er sagt, David müsse über mich und Sybil Bescheid wissen – über das, was ich bin.“

„Was du bist, meine Liebe, ist äußerst wichtig für ihn“, erklärte Tante Sarah ungeduldig und besorgt. „Du bist seine Mutter und seine Freundin, er vertraut dir und liebt dich. Sag ihm, was er wissen muß – nicht mehr und nicht weniger.“

„Wieviel ist das?“

Tante Sarah warf die Hände hoch. „Ich weiß es nicht. Wie könnte es eine feste Regel geben? Du mußt es auf dich zukommen lassen und spontan entscheiden, Carol. Eine andere Möglichkeit gibt es nicht.“

Carol nippte an ihrem Tee und dachte: *Muß ich denn wirklich überhaupt etwas sagen, jetzt, da Sybil fort ist?* Augenblicklich schämte sie sich. *Feigling*, beschimpfte sie sich.

9

Corinne Jawalski war über Carols Sonntagvormittagsbesuch nicht sehr begeistert. Sie warf sich das dichte braune Haar aus dem Gesicht. „Ich habe gehofft, ich könnte ausschlafen. Ich hatte eine anstrengende Woche."

„Da ist ein kleiner Punkt, den ich klären möchte."

„Ach ja?" erwiderte Corinne unbeeindruckt.

Carol sah sich in der Wohnung um. Von der Mitbewohnerin war nichts zu sehen, aber Stapel von Zeitschriften, leere Flaschen und ein Stöckelschuh neben einer Untertasse mit lippenstiftverschmierten Zigarettenkippen ließen auf ihre Anwesenheit schließen.

„Darf ich mich setzen?" Offensichtlich hatte es keinen Zweck, auf eine höfliche Aufforderung zu warten.

Corinne nickte gnädig. „Na gut, aber Sie brauchen nicht lange, oder?" Ungeduldig marschierte sie auf und ab.

„Ich kann mir denken, daß Sie nach dem Anruf von Collis Raeburn am Samstagabend ganz schön wütend waren", sagte Carol im Plauderton.

Corinne zuckte die Achseln. „Es bestand kein Grund, wütend zu sein."

„Er hat Ihnen gesagt, daß Alanna Brooks auch weiterhin auf der Bühne seine Partnerin wäre, nicht wahr?"

„Wer hat Ihnen das erzählt?"

„Es wurde uns bestätigt."

Carol sagte es so bestimmt, daß Corinne nicht widersprach. „Also gut, er hat es gesagt. Und wenn schon. Am nächsten Tag hätte er seine Meinung geändert."

„Da war er bereits tot.“

Carol hatte es absichtlich so kraß gesagt, daß Corinne die Tränen kamen. Sie wandte das Gesicht ab. „Sie waren ein Liebespaar?“ fragte Carol jetzt freundlich.

„Ja – bis vor einem Monat, da wollte er auf einmal nichts mehr mit mir zu tun haben.“ Ihre Aufsässigkeit war verschwunden.

Er hat dir also nicht gesagt, daß du dich infiziert haben könntest, dachte Carol entsetzt. „Wissen Sie, warum er so verändert war?“ fragte sie nach einer Weile.

„Ich habe alles versucht, aber er wollte nicht mit mir reden. Er sagte, er würde es mir später erklären, doch das tat er nicht.“

Carol fühlte sich hin und her gerissen zwischen dem Wunsch, sie zu warnen, und der Erleichterung, daß sie's nicht durfte. „Sie sind wohl nicht während des Konzertes zu ihm ins Hotel gegangen, um ihn zu fragen, weshalb er seine Meinung geändert hatte?“ fragte sie.

Corinne hatte sich hingesetzt und ihr Gesicht in die Hände vergraben. „Was hätte das für einen Sinn gehabt? Er wollte ja nicht mit mir reden... Ich glaube, er hatte begonnen, mich zu hassen...“

Carol hielt sich mit Mühe davon ab, sie zu trösten. Sie murmelte ein paar Plattitüden und flüchtete in den warmen Sonntagmorgen. In Gedanken wütete sie: Mit welcher Grausamkeit er auf seine Schuldgefühle reagiert und es ihr aus Stolz und Überheblichkeit verschwiegen hatte.

Sie ging ins Büro, wo Mark sie schon erwartete. Er trug ein Sporthemd und Shorts, wodurch er plötzlich ganz unverhältnismäßig jung wirkte. Er wedelte mit den Fotos von Raeburn in der Schwulenbar. „Bingo! Gestern nacht haben wir zwei von den Burschen aufgetrieben.“

„Und?“

„Und Collis Raeburn war Stammgast. Nannte sich Col, und man hielt ihn für einen Draufgänger, soweit ich schließen konnte. Er hat auch gekokst, aber nicht übermäßig. Jede neue Designerdroge, die gerade zu haben war, hat er probiert – nur des Kitzels wegen. Er hatte jede Menge Sexualpartner, wer sie waren, interessierte ihn nicht, wenn sie nur gut aussahen und jung waren."

„War Graeme Welton je in der Szene?"

Bourke grinste. „Das hab' ich auch gefragt. Fehlanzeige. Ich ließ die Fotos gestern nacht überall zirkulieren, aber niemand erkannte ihn. Seine Beziehung mit Raeburn war strikt privat."

„Und Amos Berringer?"

„Madeline Shipley hatte recht. Wir konnten ihn nirgends finden. Allerdings ist er nicht ganz von der Bildfläche verschwunden, sondern macht sich nur rar. Der kleine Pinscher ist einfach zu blöd, total den Schnabel zu halten, auch wenn er bloß rausläßt, er hätte Knete gekriegt, damit er den Mund hält, und er wüßte auch schon, wo noch mehr zu holen ist."

„Schnapp ihn dir, Mark."

„Wahrscheinlich stammt das Geld von Kenneth Raeburn, der das Leck zu stopfen versucht."

„Könnte auch jemand anders sein. Wir sollten es rausfinden."

„Fast hätte ich's vergessen. Du hast wohl keine Zeit gehabt, die Sonntagszeitung zu lesen, vermute ich. Nein? Nun, es steht ein bißchen Klatsch drin, der dich sehr interessieren dürfte. Warte, ich zeig's dir."

Mark hatte es mit dickem schwarzen Filzstift markiert. Unter der Rubrik KLATSCH UND TRATSCH schrieb der Kolumnist: „Wie ich aus sicherer Quelle erfuhr, steht bei der Eureka Operngesellschaft nicht alles zum besten. Schwer getroffen von dem tragischen Verlust durch den Tod von Collis Raeburn vor einer Woche taumelt die Gesellschaft. Die Primadonna

Alanna Brooks hat rechtliche Schritte gegen ihren jetzigen Partner Lloyd Clancy wegen Verleumdung und übler Nachrede angedroht. Kann Edward Livingston damit seinen Traum von der Operngesellschaft des einundzwanzigsten Jahrhunderts begraben?"

„Es kommt nur daher, daß sie beim Singen so lange die Luft anhalten müssen", sagte Mark. „Da müssen sie ja meschugge werden."

Carol schickte Mark nach Hause, ging eine Kleinigkeit essen und sah am Nachmittag die Unterlagen durch, die sich in ihrem Eingangskorb türmten.

Tante Sarah rief an, um zu sagen, daß David sie breitgeschlagen hatte, mit ihm ins Kino zu gehen. „Er hat mich einfach weichgeknetet, Carol. Er hat mich mit Popcorn und einem Film über einen großen Hund bezirzt, wie hätte ich da widerstehen können?"

Carol wußte nur zu gut, daß es ihr nicht anders ergangen wäre, sagte aber: „Laß dich bloß nicht noch mehr beschwatzen, Tantchen. Anschließend wird er nämlich zu McDonald wollen. Vielleicht ist es am besten, du gibst ihn mir mal, damit ich ihm kurz den Kopf zurechtrücken kann."

Sie grinste, als sie Davids lammfromme Stimme hörte: „Ja, Mami? Wir gehen in einer Minute..."

„Du wirst es von deinem Geld bezahlen, hörst du? Schließlich habe ich's dir nicht gegeben, damit du Tante Sarah auf der Tasche liegst", redete sie ihm ins Gewissen und bemühte sich, ernst zu sein.

„Och, Mami!"

Sie merkte, wie sie schmolz. „Schatz, amüsier dich gut. Ich wünschte, ich könnte mit euch gehen."

Kurz darauf klingelte das Telefon wieder. „Du arbeitest viel zuviel, Carol", sagte Madeline Shipley. „Ich habe gerade noch deine Tante erwischt, die mir sagte, daß du hier bist. Ich bin allein zu Hause. Kommst du vorbei? Wie wär's mit einem Drink bei mir?"

Carol fühlte sich hin und her gerissen. Sie spürte das unerklärliche Verlangen, einfach nachzugeben und zu ihr zu gehen. „Ich bin ziemlich müde, Madeline, und habe noch mindestens ein Stunde hier zu arbeiten."

„So müde klingst du nun auch wieder nicht. Außerdem muß es ja nicht für lange sein..."

Unwillkürlich mußte Carol grinsen. „Du gibst wohl nie auf, hm?"

„Nie, Carol..."

„Nun gut, du hast mich überredet." Ihr lässiger Ton verriet nichts von dem Anflug von Erregung, aber ihre Hand zitterte ein wenig, als sie den Hörer aufgelegt hatte. Weshalb war sie eigentlich so auf der Hut? War es ihre übliche Reserviertheit? Treue gegenüber Sybil? Angst, daß Madeline ihr zu nahe käme und sie ihr ausgeliefert wäre?

„Nur Mut, Carol", sagte sie laut und schmunzelte. „Zier dich nicht wie eine Jungfrau." *Und außerdem kann es sein, daß Madeline ja wirklich nur einen Drink anbietet.*

„Whisky?"

„Ja, bitte."

Carol setzte sich in den bequemen Sessel und blickte sich scheinbar interessiert im Zimmer um. Madeline reichte ihr ein Kristallglas und setzte sich ihr gegenüber. „Erzähl mir, was ist mit Sybil?"

Carol reckte das Kinn. „Da gibt's nichts zu erzählen."

„Natürlich gibt es das, du willst bloß nicht. Dabei wäre es gut. Es würde helfen, das ist alles."

Carol lag eine bissige Antwort auf der Zunge, die einer verbalen Ohrfeige nahegekommen wäre, doch Madeline kam ihr zuvor: „Mir, Carol, es würde *mir* helfen."

„Dir helfen? Wieso?"

„Dann wüßte ich, wie die Situation ist." Madeline blickte sie aufmerksam an. „Wogegen ich da anrenne."

„Ich mag keine Spielchen spielen."

Das brachte Madeline auf die Beine, sie marschierte auf und ab. „Das ist kein Spiel, Carol. Es ist mir sehr ernst."

Carol trank einen Schluck. *Ich sollte jetzt gehen... Aber eigentlich will ich nicht,* dachte sie. Madeline blieb hinter ihrem Sessel stehen. Ohne den Kopf zu drehen, sagte Carol provokant: „Du willst doch wohl nicht über mich herfallen, oder?"

Sie hörte, wie Madeline ihr Glas abstellte, dann spürte sie ihre Hände auf den Schultern. „Du hast's erfaßt, genau das."

Carol blickt zu ihr auf und sagte streng: „Ich bin größer als du und auch schwerer. Außerdem bin ich Polizistin, du hast nicht die geringste Chance."

Madelines kupferfarbenes Haar streifte ihre Wange. *Nein!* dachte Carol, doch schon kam sie dem Kuß entgegen. Hastig drehte sie sich weg. „Ich verschütte noch meinen Whisky."

„Trink ihn, Carol. Ich möchte ihn in deinem Mund schmekken." Ein Beben lag in Madelines Stimme.

„Das hier ist –"

„Richtig. Du wolltest sagen, das hier ist richtig."

Halb lachend, halb seufzend antwortete Carol: „Du bist unerbittlich. Hat es einen Sinn, Widerstand zu leisten?"

„Nur wenn es zum Schein ist."

Was soll's? dachte Carol und merkte, daß die Entscheidung bereits gefallen war. Sie stellte das Glas ab, stand auf und breitete die Arme aus.

Madeline küßte sie leicht und entzog sich. „Läßt du dich gern anmachen?"

„Nein."

„Aber ja doch. Du bist es nur nicht gewöhnt."

Carol ließ den Blick nicht von Madelines Lippen. Sie wollte sie küssen, wild und leidenschaftlich. Damit sie mit der gleichen Wildheit reagierte, damit ihr Herz ebenso raste wie Carols...

Madeline trat zurück. „Komm ins Bett."

Carol folgte ihr wie benebelt. Sie hatte keinen anderen Gedanken mehr als den an ihr Ziel.

„Laß deine Kleider an", sagte Madeline halb lächelnd. „Ich will dich so, zuerst will ich all deine geheimen Winkel erspüren... und dich entflammen, bis du loderst."

„Tu ich ja schon."

„Das ist nur eine Sparflamme, Darling. Ich will Freudenfeuer entfachen, daß dir die Sinne vergehen."

Madeline preßte sich an sie, drückte Carol gegen die Wand und knöpfte ihr langsam die Bluse auf.

Verwirrt schloß Carol die Augen. So hatte sie es noch nie erlebt. Mit einemmal fühlte sie sich frei, alles zu tun, alles zu sagen, alles zu sein. „Madeline..."

„Alles ist gut, Darling. Ich will dir zeigen, was du wirklich willst, wonach du dich immer gesehnt hast."

Als Madeline sie berührte, stockte ihr Atem. Die hemmende Kleidung war plötzlich ein Hindernis, das sie aufgeilte. Sie spürte Madelines heißen Mund auf ihrem Hals. Die Hände schoben sich unter ihren Büstenhalter. Carol gab einen unverständlichen Laut von sich.

„Treib mich nicht an", sagte Madeline, „ich will's langsam."

Ihre sanften Hände forderten Carol heraus, machten sie völlig verrückt – doch nie war es genug. „Das ist grausam", stieß sie gequält hervor.

„So willst du es doch."

Brennend spürte sie plötzlich Madelines Finger, die in sie eindrangen. Sie flippte aus, öffnete verlangend die Schenkel. Ihre Knie gaben nach. „Ich kann nicht mehr stehen."

„Doch, Carol, du kannst es."

„Ich falle." Alles verschwamm ihr vor den Augen. Sie

spürte nichts als den Rausch des Begehrens und warf den Kopf zurück, das Blut pochte in ihrem Körper, rauschte in ihren Ohren.

„Du fällst nicht."

An Madelines Körper gepreßt, gab sich Carol dem pulsierenden Schmerz hin, der sie in Wellen schüttelte, bis sie sich stöhnend aufbäumte. Bebend lag sie in Madelines Armen.

„Jetzt komm ins Bett", sagte Madeline.

10

Gleich am nächsten Morgen rief Carol Mark und Anne zu einer Besprechung in ihr Büro. Mit Erleichterung konzentrierte sie sich auf ihre Arbeit, denn sie mußte immer wieder an gestern denken, daran, wie sie sich Madeline hingegeben, wie überraschend sie ihre Standfestigkeit verloren hatte. Und Sybil – beim Gedanken an sie befand sie sich in einem solchen Widerstreit von Schuldgefühlen und Ressentiments, daß sie ihn augenblicklich verdrängte.

„Habt ihr das *Handbuch zur Sterbehilfe* gelesen, ja? Wie würdet ihr einen Suizid durchführen, der hundertprozentig klappen soll?"

„Ich würde alles genauso machen wie Raeburn", erklärte Anne, „nur würde ich zusätzlich ein Mittel gegen Übelkeit nehmen, um sicherzugehen, daß ich mich nicht übergebe und damit die tödliche Dosis nicht in mir behalte."

„Plastiktüte", erklärte Bourke.

Carol nickte. „Der Autor weist wiederholt darauf hin, daß Selbstmord durch Tabletten mißlingen kann, daß man womöglich das Bewußtsein verliert, bevor man die nötige Dosis genommen hat, oder sie erbricht oder sie doch nicht ganz ausreicht, so daß man schließlich nach Tagen aufgefunden werden kann und immer noch lebt."

„Um also sicherzugehen", sagte Mark, „mußt du warten, bis du kurz vor dem Einschlafen bist, dir dann die Plastiktüte über den Kopf ziehen, sie am Hals zubinden und einschlafen. Dann erstickst du langsam, ohne daß du es merkst." Ironisch fügte er hinzu: „Das ist am besten und totsicher."

„Aber da war keine Plastiktüte“, sagte Anne, „und er erstickte an seinem Erbrochenen.“

Carol breitete die Fotos vom Hotelzimmer aus. „Zwei Dinge sind auffällig“, erklärte sie. „Erstens: Seht nur, wie sauber der Tote ist. Laut Obduktion haben sich halb verdaute Speisereste in Mund und Luftröhre befunden – aber weder auf seinem Gesicht noch auf dem Kissen. Er hatte das Bewußtsein verloren, wieso war er dann so sauber? Zweitens: Hier auf dem Boden am Fußende des Bettes liegt seine Krawatte. Was hat sie da zu suchen? Alles andere ist ordentlich weggehängt worden, und Raeburn trug Freizeitkleidung, somit brauchte er keine Krawatte.“

Bourke grübelte: „Also hat der Mörder mit Hilfe einer Plastiktüte und einer Krawatte dafür gesorgt, daß Raeburn auch wirklich starb – aber warum hat er sie nicht über seinem Kopf gelassen? Schließlich hätte es den Selbstmord nur noch glaubhafter gemacht.“

„Ich weiß nicht“, sagte Carol, „vielleicht war es ein so schrecklicher Anblick, daß der Mörder die Plastiktüte entfernt hat, als Raeburn tot war.“

„Das wäre aber ein zärtliches Gefühl für jemand, der danebensteht und zusieht, wie er langsam abkratzt“, entgegnete Bourke.

Das Bild stand Carol deutlich vor Augen: die grausige Gestalt auf dem Bett, den Kopf in der mit dem Schlips zugebundenen Plastiktüte, die jedesmal das Plastik einsog, wenn sie nach Atem rang...

„Okay, Anne“, sagte sie steif, „was haben Sie zu berichten?“

„Nichts, was das Handbuch betrifft. Wir haben die Fotos in allen Buchhandlungen in der Innenstadt herumgezeigt. Das Problem ist, daß die meisten Leute Collis Raeburn wiedererkennen, aber nicht genau wissen, ob sie ihn im Laden oder im Fernsehen gesehen haben. Das gleiche gilt für die anderen Bilder. So haben zum Beispiel viele Edward Livingston wiedererkannt, weil er so oft in den Medien vorkommt."

„Was für ein Glück, daß ich nicht berühmt bin", warf Mark ein. „Es gefiele mir ganz und gar nicht, wenn mich jemand auf der Flucht vom Tatort um ein Autogramm bitten würde."

„Außerdem habe ich die Fotos dem gesamten Hotelpersonal vorgelegt, das an dem Wochenende Dienst hatte", fuhr Anne fort. „Leider führte auch das zu nichts. Zwar sagte einer der Rezeptionisten, er glaubte, eine Person auf den Fotos am Samstagabend erkannt zu haben, einen Mann seiner Meinung nach, war sich aber nicht sicher. Ich bat ihn, sich die Fotos genau anzusehen, doch er konnte nicht sagen, wer es war, schließlich sähe er soviel Prominenz in seinem Job, daß er kaum noch Notiz davon nähme."

Carol wollte gerade Bourke um seinen Bericht bitten, als Anne hinzufügte: „Da ist übrigens noch etwas. Ich war in der Gerichtsmedizin, um herauszufinden, ob sich dort womöglich jemand nach Raeburns Leichnam erkundigt hat. Niemand wußte etwas, aber einer der Leute dort gab mir einen Tip, dem ich noch nachgehen will. Er sagte, wenn er hinter dieser Information her wäre, würde er sich an die Reporter von der Presse wenden, die Nachtschicht geschoben hatten und für die Berichterstattung bei Unfällen, Krankheits- und Todesfällen zuständig sind. Sie lungern überall rum und haben gute Kontakte, die ihnen zuflüstern, was los ist."

Marks Bericht lautete knapp: „Von Berringer noch keine Spur, doch das ist nur eine Frage der Zeit. Bei unseren Ermittlungen sind wir auf etwas Interessantes gestoßen – auf den Namen des Mannes, der Raeburn infiziert haben könnte. Raeburn hatte vor ein paar Jahren eine Zeitlang eine intensive Beziehung mit ihm. Der Mann war Offizier bei der Armee und wurde dann nach Übersee abkommandiert."

„Wie heißt er?"

„Harris. Aber das tut jetzt nichts mehr zur Sache, Carol,

denn wir haben herausgefunden, daß er nicht mehr nach Australien zurückkam – er starb vor sechs Monaten an AIDS."

***

Lloyd Clancy besaß eine Wohnung am Strand von Manly mit Blick auf den Hafen und Fährenanleger. Er führte Carol und Anne auf die Dachterrasse, ehe er aus der Küche Kaffee holte. Die weißen schmiedeeisernen Sessel mit dem Tisch fühlten sich kalt an, doch es wehte ein leichter warmer Wind. Sie sahen auf das flirrende blaue Wasser von Manly Cove, an der Fähre herrschte reger Montagmorgenbetrieb, viele Leute mit Aktentasche und Zeitung unter dem Arm warteten auf die Fähre oder das Schnellboot, die sie nach Sydney brächten.

„Es muß schön sein, den Arbeitstag so zu beginnen – man genießt eine halbe Stunde auf der Fähre die Sonne und den herrlichen Blick."

Clancy lächelte übers Annes Begeisterung und schenkte den Kaffee ein. „Meistens ist es so, aber Sie sollten mal sehen, wie es bei Sturm ist, wenn die Fähre auf den gewaltigen Wellen tanzt."

„Wir werden Sie nicht lange aufhalten", sagte Carol.

„Mit anderen Worten, wir sollten zur Sache kommen, Kommissarin?"

Carol beobachtete ihn scharf, als sie fragte: „Waren Sie schon einmal in dem Hotel, in dem Raeburn starb?"

Er dachte einen Moment nach. „Ja, schon mehrere Male. Einmal zu einem Dinner, die anderen Male habe ich Freunde besucht. Warum?"

„Vor kurzem?"

„In letzter Zeit nicht." Er wirkte sehr gelassen.

„Würden Sie sich für eine Zeugengegenüberstellung zur Verfügung halten, wenn es notwendig wäre?"

„Selbstverständlich. Gegen einen Aufmarsch zur Identifikation hätte ich nichts einzuwenden. Nur müssen Sie wissen, Kommissarin, daß ich und meine Kolleginnen und Kollegen ziemlich bekannt sind. Möglicherweise würde uns jemand wiedererkennen, weil er uns zum Beispiel im Fernsehen gesehen hat."

Er lehnte sich zurück, mit seiner Retourkutsche offenbar zufrieden. Carol fuhr fort: „Stimmt es, daß Alanna Brooks Sie verklagen will?"

Er richtete sich auf. „Das ganze Wochenende klingelte bei mir das Telefon, sämtliche Reporter stellten mir die gleiche Frage."

Carol bezwang ihre Ungeduld. „Ich hätte gern eine Antwort."

Er spielte mit seinem Teelöffel, dann sah er auf und hielt Carols Blick stand. „Ich habe versucht, mit Alanna zu reden, aber sie wimmelt meine Anrufe ab. Es war ein ziemliches Mißverständnis an diesem Samstagabend."

„Im Museum of Modern Art? Sie waren beide dort auf der Vernissage von Andrew Rath, nicht wahr?"

„Ja, und ich fürchte, ich habe zuviel getrunken. Ich nahm die Fähre und war ohne Auto, deshalb habe ich nicht darauf geachtet, wieviel ich trank." Er lächelte bedauernd. „Ich ließ mich zu ein paar unglücklichen Bemerkungen über Alanna hinreißen, die mir inzwischen sehr leid tun, aber das ist jetzt wohl zu spät."

„Könnten Sie sich genauer ausdrücken?"

„Haben Sie schon mit ihr geredet?"

„Wir reden jetzt mit *Ihnen*", entgegnete Carol ungeduldig.

Das klare Morgenlicht enthüllte gnadenlos die dunklen Ringe unter seinen Augen und die tiefen Falten um den Mund, seine Hand zitterte leicht, als er die Tasse an die Lippen hob. All die Vitalität, die er auf der Bühne ausgestrahlt hatte, war verschwunden. Er räusperte sich. „Soweit ich noch weiß und wie man mir sagte, habe ich wohl die Andeutung gemacht, daß Alanna nur durch diverse Mauscheleien Primadonna geworden ist und daß sie sich Livingston verpflichtet hat und noch ein paar andere aus dem Vorstand von Eureka. Ich hab' wohl gesagt, daß sie befürchtet hätte, demnächst durch Corinne ersetzt zu werden, deshalb hätte sie mit den Leuten gekungelt, um das zu verhindern."

„Wieso hätte das jemand ernst nehmen sollen? Sie sagten doch, Sie hätten zuviel getrunken..."

„Es war nicht so sehr, was ich gesagt habe, sondern vielmehr, wem ich's gesagt habe." Er trank einen Schluck Kaffee. „Andrew Rath ist in der bildenden Kunst quasi eine Institution, deshalb hat sich an dem Abend das gesamte Feuilleton dort blicken lassen. Ich habe mit vier Kritikern lebhaft diskutiert und dabei die Bemerkung über Alanna fallenlassen. Natürlich war zum Glück niemand so dumm, sie zu drucken, aber es wurde ihr offenbar zugetragen." Er rang sich ein müdes Lächeln ab. „Sie ist nicht gerade beglückt darüber, gelinde gesagt, und droht mir mit einer Verleumdungsklage."

„Halten Sie das für eine Überreaktion?" fragte Carol.

Er schüttelte den Kopf. „Collis' Tod hat uns alle mitgenommen. Wir alle sind unter Druck. Ich habe versucht, Alanna zur Vernunft zu bringen, aber..." Er zuckte die Achseln.

„Stört das die Zusammenarbeit, wenn Sie gemeinsam in einer Oper singen?" fragte Anne.

„Sie wären überrascht, wie viele Liebesduette von Leuten gesungen werden, die sich nicht ausstehen können", mokierte er sich. „Unter dem professionellen Aspekt dürfte das Publikum kaum erfahren, was wir wirklich fühlen."

„Und was fühlen Sie wirklich?"

Carols unverblümte Frage trieb ihn in die Enge. „In welcher Beziehung?"

„Alanna Brooks."

Er spreizte die Finger. „Ich weiß nicht... Ich bedaure es,

glaube ich, daß sie das, was ich gesagt habe, so ernst nimmt."

„Wie ich hörte, hatten Sie beide eine Liebesbeziehung."

Er schwieg eine Weile, dann fragte er: „Hat Ihnen Corinne das etwa gesagt? Sie zerreißt sich ständig das Maul."

„Es war nicht Ms Jawalski."

„Nun, jedenfalls stimmt es nicht, Kommissarin." Er erwartete, daß sie etwas darauf sagte, aber das tat sie nicht. Verlegen fuhr er fort: „Hören Sie, ich möchte Alanna nicht in eine peinliche Situation bringen, aber sie hat mir vor einiger Zeit erklärt, daß sie sich für mich interessiert. Doch ich erwiderte ihre Gefühle nicht und habe es ihr so schonend wie möglich beigebracht."

„War das vor ihrer Affäre mit Collis Raeburn oder danach?"

Er errötete. „Davon weiß ich nichts, aber ich kann mir kaum vorstellen, daß sie eine hatten. Alanna hat einen besseren Geschmack." Er beugte sich vor. „Wer hat Ihnen das erzählt?"

„Tut mir leid..."

Lloyd lachte verächtlich. „Sagen Sie's mir nicht – Sie können doch Ihre kleinen Schmuddelquellen nicht verraten! Glauben Sie eigentlich jedes Geschwätz, das man Ihnen auftischt?"

„Nein", sagte Carol. „Nur das, was unserer Überprüfung standhält."

„Wer war die kleine Schmuddelquelle?" fragte Anne, als sie zum Wagen zurückgingen.

„Douglas Binns am Abend, als wir in *Aida* waren, und der kommt mir ganz und gar nicht schmuddlig vor..."

Kaum betrat Carol ihr Büro, wurde sie auch schon mit Gesprächsnotizen bombardiert, eine dringlicher als die andere und alle von Nicole Raeburn. Irritiert und gleichzeitig neugierig wollte sie gerade zum Hörer greifen, als das Telefon läutete.

„Carol Ashton!“

„Was habe ich getan, daß ich einen so harschen Ton verdiene?“ fragte Madeline am anderen Ende der Leitung.

Unwillkürlich bekam Carols Stimme einen zärtlichen Unterton: „Ich dachte, du wärst längst auf dem Weg nach Brisbane?“

„Das Flugzeug hat Verspätung, ich stehe also noch immer auf dem Flughafen. Queensland, das Kalifornien Australiens, wird noch eine Weile auf mich warten müssen.“ Carol hörte, wie sie Luft holte, dann fragte Madeline: „Wie geht es dir, Darling?“

„Gut.“

Madeline lachte. „Nur gut? Und wo bleibt phantastisch? Himmlisch, wundervoll?“

Carol merkte, wie sie beim Gedanken an die Leidenschaft schwach wurde. „Na, auch das natürlich.“

„Ich sollte das Kapitel Queensland eigentlich bis nächsten Montag hinter mich bringen. Ich rufe dich an, sobald ich wieder hier bin.“

„Ja gut.“

Madeline amüsierte sich unüberhörbar. „Deine Begeisterung haut mich fast um, aber bemüh dich nicht, Herzchen, meine reicht für uns beide.“

An der Telefonanlage blinkte ein Licht auf. „Da kommt ein anderer Anruf, Madeline. Ich muß auflegen.“

Nicole Raeburns Stimme schrillte ihr ins Ohr: „Kommissarin! Ich telefoniere schon den ganzen Morgen hinter Ihnen her. Da sind zwei Dinge, die *muß* ich wissen. Erstens, Ihr Bericht, wann wird er endlich fertig?“

„Die Ermittlungen sind noch nicht abgeschlossen.“

Carols ruhiger Ton brachte Nicole nur noch mehr auf. „Das haben Sie mir letztes Mal auch schon erklärt! Sie brauchen doch nichts weiter zu sagen, als daß Colly durch ein Versehen gestorben ist! Das ist für alle das Beste, und außerdem ist es wahr!“

Carol war schwer in Versuchung, einfach den Hörer aufzulegen, doch sie beherrschte sich und fragte nüchtern: „Und was war Ihr zweiter Punkt, Ms Raeburn?"

Nicoles Stimme bekam auf einmal einen bettelnden Unterton. „Ja sicher, Kommissarin, es geht nämlich um Collys Tagebuch. Ich wüßte gern, ob Sie es gefunden haben."

Als Carol verneinte, sagte sie weinerlich: „Aber Sie müssen es finden."

„Ms Raeburn, warum ist dieses Tagebuch plötzlich so wichtig für Sie?"

„Nun, ich möchte nicht, daß etwas davon laut wird, aber ich habe mit einem sehr bekannten Autor über Collys Biographie gesprochen, und er sagt, er braucht alle persönlichen Unterlagen, obwohl natürlich letzten Endes ich entscheide, was in das Buch kommt. Und von mir wird auch ganz viel einfließen..."

Collis war nicht der einzige in seiner Familie mit einem monströsen Ego. „Sie standen Ihrem Bruder sehr nahe..."

„Ja."

„Hätte er etwas dagegen gehabt, wenn Sie einen Blick in sein Tagebuch geworfen hätten?"

Es entstand eine Pause. „Einmal hab' ich das getan..."

Carol wartete ab.

„Kommissarin Ashton, Sie denken doch hoffentlich nicht..."

„Natürlich nicht", beschwichtigte Carol.

Nicole fuhr fort: „Colly hat geschrieben, was er wirklich über die Leute dachte, und auch das, was Leute ihm im Vertrauen gesagt haben..."

„Wie lange ist es her, seit Sie einen Blick in das Buch geworfen haben?" Carol mußte grinsen – Nicole und einen Blick werfen, mit Sicherheit hatte sie es gründlich gelesen.

„Ein paar Monate. Ich hatte überhaupt nicht die Absicht, aber dann habe ich es daliegen sehen..."

„Und in letzter Zeit haben Sie es nicht mehr gesehen?"

„Naja“, antwortete Nicole mit Kleinmädchenstimme, „ich glaube, Colly hat gemerkt, daß ich gelinst habe. Da hat er das Buch dann in seinen Schreibtisch eingeschlossen oder es immer mitgenommen.“

Freundlich erkundigte sich Carol jetzt: „Insofern konnte er es mit ins Hotel genommen haben?“

„*Hier* ist es jedenfalls nicht. Ich hab' überall nachgeschaut, also muß er es mitgenommen haben.“

„Im Hotelzimmer haben wir es nicht gefunden.“

„Und wo ist es dann?“

Carol wollte sich auf keine fruchtlose Spekulation einlassen, denn sie war sicher, daß, wer immer Raeburn umgebracht hatte, das Tagebuch mitgehen ließ. Und so fragte sie: „Können Sie sich noch an irgend etwas Bestimmtes erinnern, das Sie in dem Buch gelesen haben?“

„Ja“, erklärte Nicole triumphierend. „Er schrieb, Alanna sei ein Aas und würde ihn nur ausnutzen.“

„Ich verstehe nicht recht.“

„Sie hat mit Colly geschlafen“, erklärte Nicole voller Ungeduld über soviel Begriffstutzigkeit. „Sie hat nur daraus Vorteil geschlagen. Sie hat sich überhaupt nichts aus ihm gemacht, auch wenn Colly das zuerst gedacht hat.“

„Sie hatten eine Affäre?“

„Aber das sagte ich doch gerade“, antwortete Nicole barsch. Dann besann sie sich und fuhr anklagend fort: „Ist es etwa ein Wunder, daß er so durcheinander war, daß er nicht wußte, was er tat? Deshalb hat er zu viele Tabletten genommen – sie hat ihn unglücklich gemacht und wütend. Wenn Sie so wollen, sie hat ihn auf dem Gewissen!“

***

Douglas Binns war ängstlich bemüht. „Kommissarin, es tut mir leid, aber Miss Brooks ist noch immer in der Probe für

Turandot." Er räusperte sich verlegen. „Sie können in ihrer Garderobe auf sie warten..."

„Würden Sie uns bitte zur Probe führen."

Er zögerte. „Gewiß", sagte er schließlich.

Carol und Anne folgten ihm durch die bekannten niedrigen, breiten Flure, am Grünen Saal vorbei, dann die Treppe hinunter zu einem hohen achteckigen Saal mit Spiegeln an den Wänden. Farbige Plastikstreifen markierten den glänzenden Parkettboden. Alanna befand sich in tiefem Gespräch mit einem kleinen schwarzhaarigen Mann.

„Das ist der Dirigent", erklärte Binns mit gedämpfter Stimme. Er schien Konversation machen zu wollen, damit sie das Gespräch, das er offenbar für wichtig erachtete, nicht unterbrachen. Er deutete auf die Plastikmarkierungen am Boden. „Jede Oper hat eine andere Farbe. Die Sängerinnen und Sänger müssen ihre Position im Bühnenbild genau kennen und vor allem wissen, wo die Türen sind." Er sah, daß Anne auf ein großes Schild starrte: KEINE SPRÜNGE NACH 7:30, und fuhr fort: „Dieser Probenraum liegt in der Mitte – über uns der Konzertsaal, unter uns das Schauspielhaus..."

Carol ließ ihn bei Anne stehen und marschierte zu Alanna Brooks hinuber, die überrascht aufsah. Murmelnd entschuldigte sie sich beim Dirigenten, dann begrüßte sie Carol. „Kommissarin Ashton? Ich sagte Douglas, daß ich mich ein wenig verspäte."

„Ich muß Sie sofort sprechen!"

„Natürlich", erwiderte Alanna höflich. „Gehen wir in den Grünen Saal oder in meine Garderobe?"

„Wo wir ungestört reden können."

Blendende Sonne fiel durch das Fenster in ihre Garderobe, und mit einer unverständlichen Bemerkung zog Alanna die Vorhänge zu. „Bitte, setzen Sie sich." Sie befeuchtete sich die Lippen. „Also, was gibt es so Eiliges?"

Carol wartete, bis Anne Notizbuch und Stift gezückt hatte,

dann sagte sie: „Wir haben heute morgen mit Lloyd Clancy gesprochen."

Alanna saß ganz still. „Ja?"

„Warum haben Sie so lange gewartet, bis Sie ihm rechtliche Schritte androhten? Bereits letztes Wochenende müssen Sie gewußt haben, was er Samstagabend gesagt hat."

„Da wußte ich es noch nicht, Kommissarin. Am Freitag, nach der Premiere von *Aida*, habe ich mit Ihnen gesprochen. Anschließend bin ich auf die Premierenfeier gegangen. Da traf ich James Kant, der mir erzählte, was Lloyd gesagt hatte – ich hörte es dort zum erstenmal."

James Kant, ein bekannter Opern- und Theaterkritiker, war einer der Journalisten gewesen, denen gegenüber Lloyd Clancy im Museum of Modern Art die Bemerkung hatte fallenlassen. Daß Kant ihre Erklärung bestätigen würde, stand für Carol außer Zweifel. „Haben Sie die Absicht, Mr. Clancy vor den Kadi zu zerren, oder war es nur eine Drohung, um ihn zum Schweigen zu bringen?"

Alanna runzelte die Stirn. „Ich weiß nicht genau, worauf Sie hinauswollen. Ich muß ihn doch nicht zum Schweigen bringen, wie Sie es ausdrücken."

„Also ist es von Ihrem Standpunkt aus eine ernste Sache?" fragte Carol freundlich.

„Das ist es ganz offensichtlich."

Carol ignorierte den spitzen Ton. „Wie mir scheint, haben Sie mir über Ihre Beziehung zu Collis Raeburn nicht die Wahrheit gesagt."

Alannas Ausdruck veränderte sich nicht, sie setzte sich nur sehr aufrecht. „Ich glaube schon."

„Mir wurde glaubwürdig versichert, daß Sie das ganze letzte Jahr eine Liebesbeziehung mit ihm hatten. Stimmt das?"

„Nein."

Überrascht zog Carol die Brauen hoch. Schweigen machte sich breit. Schließlich erklärte Alanna: „Wir hatte nicht gerade eine Liebesbeziehung. Ich bin ein paarmal mit ihm ins Bett gegangen, das ist alles.“

Ich kann wohl kaum fragen, ob sie Kondome benutzt haben... „Warum haben Sie mich zuvor belogen?“ Bei Carols Betonung von „belogen“ wand sich Alanna.

„Es erschien mir nicht relevant. Und ich wollte nicht daran zurückdenken. Es war ziemlich dumm von mir, und Collis verachtete mich dafür.“ Sie sah Carol verständnisheischend an. „Deshalb wollte ich kein Wort darüber verlieren.“

Wieder ließ Carol eine Pause eintreten, diesmal so lange, daß selbst Anne unbehaglich auf ihrem Stuhl rutschte.

„Ist das alles?“ Alanna klang fast verzweifelt. „Ich muß wieder zurück...“

„Gibt es da noch einen anderen Punkt, in dem Sie mir nicht die Wahrheit gesagt haben?“

„Ich glaube nicht.“

„Lloyd Clancy?“

Alannas Miene verfinsterte sich. „In bezug auf Lloyd“, sagte sie entschieden, „habe ich Ihnen die absolute Wahrheit gesagt. Im allgemeinen bin ich kein haßerfüllter Mensch, aber bei Lloyd könnte ich eine Ausnahme machen.“

Erst als sie die Wache am Bühneneingang passiert hatten, fragte Anne: „Glauben Sie, daß sie die Wahrheit sagt?“

„Teilweise.“

Anne fischte ihre Sonnenbrille aus der Tasche. „Ich möchte nicht in der Haut der Person stecken, die Raeburns Geliebten sagen muß, daß er sie vielleicht mit dem Virus infiziert hat. Aber irgendwer muß es ja wohl.“

Carol nickte und dachte an Pats jüngeren Bruder. „Ich denke, daß die Nachricht bald an die Öffentlichkeit kommt.“ Anne sah sie erstaunt an, und sie fügte hinzu: „Dazu genügt eine Verhaftung wegen Mordverdachts.“

***

„Kommissarin Ashton... Carol", sprach Sykes sie mit gewinnendem Lächeln an.

Carol musterte sein glattes, selbstgefälliges Gesicht mit versteinerter Miene. „Mr. Sykes?"

„Im Sinne einer guten PR-Arbeit wäre jetzt genau der richtige Zeitpunkt für eine Presseerklärung über den Fortschritt der Ermittlungen. Ich fürchte, das Gerede, daß Alanna Brooks den Spitzenstar verklagen will, hat einen ziemlichen Wirbel verursacht. Ich habe mich mit der PR-Frau von Eureka unterhalten, und sie war auch der Meinung, daß wir Schadensbegrenzung betreiben sollten."

„Wir?"

Ihr scharfer Ton überraschte ihn. „Es ist eine Sache der Kooperation. Die Medien sind über Eureka hergefallen, genau wie über uns. Collis Raeburns Begräbnis findet am Donnerstag statt und wird meines Erachtens ein internationales Medienereignis. Es wäre von Vorteil, wenn Sie am Mittwoch schon etwas verlauten lassen könnten."

„Sie wollen, daß der ganze Fall sauber gelöst am Mittwoch präsentiert wird?"

„Nicht den ganzen schriftlichen Bericht natürlich, aber jedenfalls einen Hinweis..."

„Hat der Polizeichef Sie geschickt, mir das zu sagen?"

Selbst an Sykes prallte ihr beißender Zorn nicht ab. Mit rotem Kopf erwidert er: „Nicht direkt. Schließlich ist es ja mein Bereich – Public relations, meine ich."

Plötzlich ging Carol ein Licht auf. „Hat Kenneth Raeburn mit Ihnen gesprochen?" Sein Gesicht verriet ihr genug. „Und besteht er darauf, daß ich den Tod als Unfall bestätigen soll?"

„Er glaubt, daß es so ist."

„Vielen Dank, Mr. Sykes."

Diesen Hinauswurf akzeptierte er nicht. „Kommissarin, bitte glauben Sie nicht, ich versuchte Ihnen vorzuschreiben, wie Sie Ihre Arbeit zu machen haben..."

„Nein?“ parierte Carol scharf. „Was versuchen Sie dann?“

***

Sie ließ sich den Anruf von Kenneth Raeburn durchstellen. „Kommissarin Ashton, ich würde Sie gern sprechen.“

„Bedaure, Mr. Raeburn, aber meine Zeit ist sehr begrenzt. Können wir nicht am Telefon reden?“

„Eigentlich nicht.“

Du Wichser. Du glaubst, daß dieser Anruf mitgeschnitten werden könnte. „Würden Sie mir verraten, um was es geht?“

„Ich bin sehr besorgt, was Ihre Ermittlungen angeht, Kommissarin. Es ist zehn Tage her, seit mein Sohn tot aufgefunden wurde, und offenbar sind Sie keinen Schritt weitergekommen, den Unfall zu untermauern. Wie Sie wissen, ist in zwei Tagen das Begräbnis, es wird eine breite Berichterstattung geben, und die Leute wollen wissen, was los ist.“

„Bedauerlicherweise verlaufen Ermittlungen nicht nach einer festen Tagesordnung, wann sie abgeschlossen sind, läßt sich unmöglich genau voraussagen.“

„Ich bestehe darauf, Sie morgen zu treffen. Ich werde mich doch wohl nicht erst an eine höhere Stelle wenden müssen, nicht wahr, Kommissarin?“

Carol unterdrückte ihre Wut, ignorierte seine Bemerkung und verabredete mit ihm einen Termin.

Nach dem Anruf grübelte sie. War es nötig, sich an den Polizeichef zu wenden?

„Zum Teufel damit!“ sagte sie laut, und Anne, die gerade hereinkam, sah sie verdutzt an. „Ja, Anne?“

„Simon Sykes hat mir diese Presseerklärung für Sie in die Hand gedrückt. Er wollte Sie nicht selbst belästigen, sondern hat drum gebeten, ob Sie einen Blick darauf werfen und eventuelle Änderungen vornehmen könnten.“

„Vermutlich hat Simon Sykes Angst vor mir, wissen Sie.“

11

Als Carol früh am nächsten Morgen aufstand, saß David in verknittertem Pyjama bereits in der Küche. „Mami, kann ich die ganze Woche hier bei dir und Tante Sarah bleiben?"

„Schatz, ich sitze an einem Fall, und deshalb sehe ich womöglich nicht viel von dir." Als er, wie erwartet, eine Schüppe zog, mußte sie grinsen. „Na gut, ich werde deinen Vater fragen. Er kommt heute abend zurück, und Eleanor wollte dich eigentlich morgen abholen, aber ich will sehen, was ich tun kann."

„Darf ich mit dir joggen?"

Sie zauste ihm das blonde Haar. „Wenn du dich beeilst."

In den ersten Minuten konnte David noch mithalten, dann fiel er zurück. Sie legte ein Schrittempo vor, und als sie das Buschland erreichten, fragte er: „Läufst du immer die ganze Strecke, Mami?"

„Ja, das mache ich jeden Morgen, deshalb kann ich das."

„Wenn ich bei dir leben würde, könnte *ich* das auch."

Sie legte ihm den Arm um die Schultern. „Bist du denn nicht glücklich bei deinem Vater und Eleanor?"

„Doch. Aber ich bin so gern bei dir."

„David, du weißt, wie sehr ich mich freue, wenn du hier bist, und du kannst kommen, sooft du willst, das weißt du."

Er sah zu ihr auf. „Warum ist Sybil weggegangen?"

Du schuldest ihm eine Antwort, Carol.

„Du weißt, daß dein Vater und Eleanor sich lieben – daß sie alles zusammen machen und in einem Zimmer schlafen und..."

„Klar, sie sind doch verheiratet, Mami." Es war für ihn selbstverständlich.

„Genauso ist es mit Sybil und mir... genauso als ob wir verheiratet wären."

„Warum ist sie dann ausgezogen?"

„Weil wir im Moment nicht so gut miteinander auskommen. Wir haben ein paar Probleme und versuchen, sie zu lösen."

David sah sie einen Augenblick nachdenklich an. „Können wir jetzt wieder joggen?"

Das reicht erst mal. Jedenfalls ist es ein Anfang.

„Klar", sagte Carol, „aber ich wette, du hältst nicht mit mir Schritt."

Während David sich für die Schule fertigmachte, frühstückte Carol mit Tante Sarah, die über Carols Kaffee und Toast die Stirn runzelte, sich aber eine Predigt über gesunde Ernährung verkniff. Carol goß sich eine zweite Tasse Kaffee ein und ignorierte das Mosern ihrer Tante, die sich nun doch nicht bremsen konnte, und sagte: „Heute morgen beim Laufen habe ich mit David über Sybil und mich gesprochen. Wenn er noch Fragen an dich hat, beantworte sie bitte."

„Wird er nicht, Carol. David muß irgendeine Bemerkung aufgeschnappt haben, die Justin über dein und Sybils Zusammenleben fallenließ... Jetzt hast du ihm ein bißchen mehr zu denken gegeben. Wenn er das zusammengekriegt und verarbeitet hat, wird er dich fragen, was er wissen will."

„Vielleicht kann ich mir nicht den Luxus gestatten zu warten – Kenneth Raeburn hat es auf mich abgesehen."

„Was ist mit den Anrufen auf deinem Anrufbeantworter?"

„Ich weiß, von wem sie sind", antwortete Carol mit grimmiger Befriedigung. „Aber das hilft mir nicht unbedingt weiter."

Tante Sarah tätschelte ihr die Hand. „Wenn du geoutet

wirst, wirst du geoutet“, sagte sie, „und wahrscheinlich kannst du nichts dagegen tun.“

Carol wäre am liebsten ausgerastet, hätte so richtig vor Wut getobt und irgendwas an die Wand gedonnert. Statt dessen sagte sie beherrscht: „Es sei denn, ich bestätige, daß Collis' Tod ein Unfall war.“

„Zumindest hast du die Wahl.“

„Eben nicht, liebe Tante, und das weißt du auch.“

„Tss“, machte Tante Sarah. „Was sind Prinzipien doch für ein Fluch.“

***

Kenneth Raeburn hatte darauf bestanden, daß sie sich außerhalb ihrer Dienststelle trafen. „Ich wohne im Park Royal. Ich würde es vorziehen, wenn wir uns dort im Foyer treffen.“

Carol war pünktlich und hatte Anne mitgebracht. Kenneth Raeburn wartete schon, und als er sie sah, warf er sich in die Brust und machte sich so groß wie möglich. „Tut mir leid“, er deutete mit gerunzelter Stirn auf Anne. „Aber was ich zu sagen habe, ist strikt vertraulich und nicht für andere Ohren bestimmt“, sagte er unwirsch im üblichen Flüsterton. Auch wenn sein gutgeschnittener dunkler Anzug durchaus der Eleganz des Hotels angemessen war, kamen ihr das gebrochene Nasenbein und der anmaßende Blick wie ein Stilbruch vor. „Nun?“ drängte er.

Carol bat Anne, außer Hörweite auf sie zu warten, dann setzte sie sich mit ihm auf ein Plüschsofa. „Warum ist es vertraulich? Ms Newsome assistiert mir bei den Ermittlungen und ist über alles bestens im Bilde.“

Er winkte unwillig ab. „Ich will keine Zeit verlieren. Ich erwarte, daß Sie in Ihrem Bericht zu dem Schluß kommen, daß Collis infolge unglückseliger Umstände starb. Weder Selbstmord noch Mord, sondern ein Versehen, ein Unfall.“

Carol entgegnete nicht minder deutlich: „Sie haben mir nicht das Ergebnis meiner Ermittlungen zu diktieren."

„Was schadet es denn, wenn Sie zu diesem Schluß kommen?" Seine Flüsterstimme klang sehr gepreßt. „Bei der bloßen Andeutung von irgendwas anderem wird die gerichtliche Verhandlung zur Feststellung der Todesursache unter Garantie ein absoluter Zirkus werden und sein Andenken zerstören, ganz zu schweigen von dem, was es Nicole antut."

„Bedaure, aber danach kann ich mich leider nicht richten. Ich befasse mich nur damit, die Wahrheit herauszufinden."

„Die Wahrheit?" feixte er. „Warum verheimlichen Sie dann die Wahrheit über sich selbst..."

Am liebsten hätte Carol ihm eine geknallt. „Die Sache hat nichts mit mir persönlich zu tun. Ich habe hier einen Fall zu lösen, und das werde ich tun", sagte sie kalt.

„Es ist nichts als Ihre Überheblichkeit, Kommissarin. Sie weigern sich lediglich, seinen Tod als tragischen Unfall anzusehen. Sie wollen ja bloß, daß es Mord ist, weil Sie dann in die Presse kommen, stimmt's? Tun Sie nicht so, als hätten Sie Ideale, Sie wollen doch nur ins Rampenlicht."

„Das Gespräch fortzusetzen ist sinnlos."

Er nickte befriedigt über ihre Feindseligkeit. „Bevor Sie gehen, wird es Sie doch wohl noch interessieren, was ich Ihnen zu sagen habe."

„Mr. Raeburn, jeder Versuch, die Staatsgewalt zu beeinflussen, ist strafbar."

Er lachte verächtlich. „Sparen Sie sich das. Sie müßten doch wissen, daß ich alles abstreiten werde, und offen gesagt kann ich mir nicht vorstellen, daß Sie dieses Gespräch mitschneiden. Sie wissen, worauf ich hinauswill, und werden kaum wollen, daß Ihre Kollegen erfahren, was ich Ihnen sagen werde."

„Nichts, was Sie sagen, aber auch gar nichts, wird an meinem Ermittlungsergebnis etwas ändern."

„Nein? Ich habe einen diskreten und äußerst kostspieligen Privatdetektiv über Sie recherchieren lassen. Sie leben mit Sybil Quade zusammen, sie stand in einem früheren Fall unter Mordverdacht. Jetzt ist sie Ihre Geliebte." Triumphierend hielt er inne und wartete auf ihre Reaktion, vergebens. „Kriminalkommissarin Carol Ashton, eine Dunkellesbe", höhnte er. „Ist es das, weshalb Sie Collis' Andenken zerstören wollen? Weil Sie ihn für eine Tunte halten und das in ihm hassen, was Sie in sich selbst hassen?"

Mit eisigem Zorn gewappnet, antwortete Carol: „Haben Sie Ihre Tochter aufgestachelt, mich auf meinem Anrufbeantworter zu erpressen? Oder war das ihre eigene Idee?"

„Ich bin nicht hier, um Ihre Fragen zu beantworten. Ich bin hier, um Ihnen zu sagen, was Sie tun sollten, wenn Sie klug sind."

Er erhob sich vom Sofa, als sie jetzt aufstand, gehässig entschlossen starrte er sie an. „Lassen Sie mich Ihnen eines versprechen, Kommissarin. Wenn Sie nicht bestätigen, daß es ein Unfall war, haben Sie die Konsequenzen zu tragen. Wenn Sie Collis' Ruf ruinieren, ruiniere ich Ihren."

***

„Wehe, es ist nicht dringlich", sagte der Polizeichef. „Ihretwegen habe ich die Ministerin versetzt."

Auch wenn sich der Polizeichef unlängst öffentlich und persönlich voll hinter schwule und lesbische Polizeikräfte gestellt hatte, als eine Splittergruppe sie zu outen versuchte, änderte das nichts an ihrer bösen Vorahnung, als Carol sich jetzt zur Ruhe zwang und ihm nüchtern erklärte: „Kenneth Raeburn versucht mich zu erpressen, damit der Tod seines Sohnes in meinem Bericht auf Unfall hinausläuft."

„Erpressen? Sie? Wie denn?"

Carol legte das hochempfindliche kleine Aufnahmegerät

auf seinen Schreibtisch. „Ich habe geahnt, was er vorhatte, deshalb hab' ich es aufgenommen. Assistentin Newsome hat unser Gespräch beobachtet, war aber nicht in Hörweite." Sie drückte den Wiedergabeknopf und setzte sich. Raeburns Stimme war sehr leise, aber klar. Wortlos hörten sie sich das Gespräch bis zu Ende an.

Seine Reaktion hatte sie nicht erwartet. „Sybil Quade, hm? Die Bellwethermorde?"

„Ja."

Er runzelte die Stirn und stützte das Kinn auf die Hand. „Sie bestreiten nicht, was er behauptet?"

Sie sah ihm direkt ins Gesicht. „Daß ich lesbisch bin? Nein." Sie mußte noch etwas hinzufügen. „Aber das ist mein Privatleben. Es hat nichts mit meinem Job zu tun."

„Sie meinen wohl, das sollte es nicht." Er rieb sich das Gesicht. „Werden Sie massiv, Carol."

„Sie halten mich nicht für kompromittiert? Sie ziehen mich nicht von dem Fall ab?"

Der Polizeichef blickte gereizt auf. „Wegen Kenneth Raeburn? Zum Teufel, nein." Dann lächelte er ein wenig. „Oder weil Sie schwul sind? Zum Teufel, noch mal nein."

Sie lächelte zurück, in ihrer Achtung war er beträchtlich gestiegen.

Als sie sich zur Tür wandte, sagte er: „Wollen Sie meinen Rat? Bourke soll ihm ein Verfahren wegen Nötigung androhen – das dürfte ihn für eine Weile zum Schweigen bringen. Wenn Sie sicher sind, was die Tochter betrifft, drohen Sie ihr ebenfalls ein Verfahren an. Und klären Sie den Mord auf, so schnell Sie können. Dann ist es Raeburn aus den Händen genommen, und er wird Ihnen wahrscheinlich weniger Probleme bereiten – und sich auch. Was ich im Grunde sagen will, ist: Wenn es zu einer Festnahme reicht, tun Sie es jetzt."

***

Sie rief Bourke und Anne zu sich ins Büro. „Schließ die Tür, Mark. Ich möchte, daß ihr beide, du und Anne, euch einen Mitschnitt meines Gesprächs heute morgen mit Kenneth Raeburn anhört. Dem Polizeichef hab' ich das Band bereits vorgespielt."

Ihrer Stimme mußte wohl der Streß, unter dem sie stand, anzuhören gewesen sein, denn Bourke sah sie aufmerksam an, setzte sich und verkniff sich seine üblichen saloppen Kommentare. Anne, die Carol nach dem Gespräch im Park Royal gesehen hatte, im Gesicht weiß und innerlich schäumend vor Zorn, vermied jeden Blick.

Sie hörten sich kommentarlos das Band an. Laut klickte es in die Stille, als sie das Gerät abstellte. Bourke beugte sich vor und legte seine Hand auf ihre Finger. „Carol..." Dann ließ er sie los und sagte grimmig: „Dafür können wir Raeburn drankriegen."

„Der Polizeichef schlägt vor, ihm ein Verfahren wegen Nötigung anzudrohen."

„Es wird mir ein Vergnügen sein."

„Ich bin sicher, daß die Anrufe auf meinem Anrufbeantworter von Nicole Raeburn stammen – ihre Redewendungen im Gespräch mit mir sind die gleichen wie die auf dem Band."

„Ich reibe es ihr ebenfalls unter die Nase. Da wird ihnen das Lächeln schon noch vergehen", antwortete Mark aufgekratzt.

Anne starrte noch immer zu Boden. „Anne, Mark kennt mein Privatleben", sagte Carol, „deshalb ist es keine Überraschung für ihn."

Als Anne schließlich aufblickte, wurde Carol klar, daß die Assistentin weder pikiert noch verächtlich aussah, sondern äußerst empört. „Das ist nicht fair. Daß so ein kleiner Scheißer überhaupt die Möglichkeit hat, es gegen Sie zu verwenden, das ist ein Unding."

„Es mußte ja eines Tages passieren", antwortete Carol und hörte die Resignation in ihrer Stimme.

„Wie gehen wir also damit um?" fragte Bourke.

Darüber hatte sich Carol bereits den Kopf zerbrochen. „Die Leute bei der Kripo werden es erfahren, und das heißt, es bestehen gute Aussichten, daß sich die Tatsache, daß ich lesbisch bin, herumspricht. Und natürlich sind da noch immer Raeburn und seine Tochter, der Privatdetektiv, der mich ausgeschnüffelt hat..."

„Sie könnten doch alles abstreiten."

„Könnte ich, Anne, aber damit würde ich nur reagieren und zwar zu meinem Nachteil. Ich möchte die Situation irgendwie in der Hand behalten. Der Polizeichef weiß es, und nach dieser Besprechung werde ich meine anderen Vorgesetzten informieren. Ansonsten werde ich keine Erklärungen abgeben, nur wenn man mich direkt danach fragt, werde ich eine direkte Antwort geben."

„Was möchtest du, daß wir tun?"

Sie seufzte. „Mark, was soll ich dir sagen? Was ihr sagt oder nicht sagt, liegt ganz bei euch."

„Und was ist mit den Medien?" fragte Anne.

„Ich hab' mich noch nicht ganz entschieden", antwortete Carol mit grimmigem Lächeln. „Offen gesagt, ich hoffe, ich werde es nicht sagen müssen, aber ich tendiere zu dem Gedanken, daß ‚ja, und?' vielleicht die beste Antwort ist."

Mark stand auf. „Jetzt zeige ich Raeburn erst mal, was 'ne Harke ist." Er rieb sich fröhlich die Hände. „Und glaub mir, ich freu mich drauf."

***

Carol rief im College an, wo Sybil eine Teilzeitstelle hatte. Sie mußte ewig warten, doch dann versetzte es ihr einen Stich vor Freude, als sie die vertraute Stimme hörte. „Ich bin's."

„Carol? Ist etwas passiert?"

„Muß denn etwas passiert sein?"

„Wenn du mich im College anrufst – ja."

Während Carol ihr erzählte, was geschehen war, wurde ihr bewußt, daß Sybil sich womöglich über das freute, was sie selbst so sehr fürchtete. Was für Sybil Freiheit bedeuten mochte, war ein Verlust an Kontrolle für Carol.

„Ich komme zurück nach Hause", sagte Sybil.

„Nein, nicht", entfuhr es Carol unwillkürlich.

Eine lange Pause folgte, dann fragte Sybil: „Du willst mich nicht mehr dort haben?"

„Das ist es nicht –"

„Was ist es dann, Carol? Angst, daß meine Gegenwart den Klatsch bestätigt? Daß die Leute vorbeikommen, um sich selbst zu überzeugen?"

„Das muß ich mir nicht bieten lassen!"

„Nein, das mußt du nicht." Sybil wurde sofort ganz ruhig. „Ich bleibe, wo ich bin, Carol. Aber wir müssen miteinander reden, meinst du nicht auch?"

„Ja, sicher."

„Ich liebe dich", sagte Sybil bedrückt. „Ich will dich nicht verletzen, und ich will dir nicht noch mehr Probleme bereiten. Ich rufe dich heute abend an, ja?"

Carol fühlte sich elend, verwirrt vor Schuldgefühlen und Liebe schloß sie die Augen. „Ja", sagte sie.

12

Mittwochmorgen kam Mark schnurstracks in Carols Büro. „Wir haben Berringer. Er ist ganz schön mitgenommen."

„Hat er Widerstand geleistet?"

„Kaum. Aber er hat versucht, Kenneth Raeburn mit Collis' Homosexualität zu erpressen. Meines Erachtens hat Raeburn ihn aus seinem Versteck gelockt, indem er versprach, ihm die geforderte Summe zu geben. Berringer wollte nicht sagen, wieviel es war, und er hatte auch nur sehr kurz etwas davon. Kaum prahlte er damit herum, wie clever er doch sei, als zwei Herren im Kleiderschrankformat ihn schrecklich in die Mangel nahmen und zu allem Übel auch noch die Mäuse mitgehen ließen. Das reichte, um Berringer sofort auf Tauchstation zu schicken." Er grinste genüßlich und fügte hinzu: „Unser Kenneth war gestern über meinen Besuch gar nicht erfreut, und vermutlich wird er heute noch viel weniger entzückt sein, wenn ich ihm gleich auf die Bude rücke und sage, daß wir ihn wegen Anstiftung zur Körperverletzung drankriegen könnten, sobald wir seine Gorillas schnappen."

Carol sah ihn skeptisch an. „Wie glaubwürdig wäre dieser Mickerling Berringer vor Gericht bei einem Verfahren gegen Kenneth Raeburn?"

„Eher weniger", stimmte Mark zu, „aber es macht mir Spaß, ihn damit einzuschüchtern. Damit dürfte Raeburn sich endgültig bedeckt halten."

„Anne rief vor ein paar Minuten an. Sie hat tatsächlich herausgefunden, daß eine freie Mitarbeiterin vom *Sentinel* sich erkundigt hat, ob Raeburn tot sei – aber das war am

Sonntag, noch ehe sein Leichnam gefunden wurde. Die Journalistin war noch sehr unbedarft und merkte gar nicht, daß sie einer heißen Sache auf der Spur war."

„Die Person hat wohl nicht ihren Namen genannt?"

„Nein, Mark, aber es war zweifelsfrei eine Frau. Übrigens habe ich heute morgen Pat angerufen und ihr ein paar Fragen über die Vernissage am Samstagabend gestellt."

Er zog fragend die Brauen hoch. „War's hilfreich?"

„Ich glaube, wir stehen kurz vor der Verhaftung. Ich möchte, daß ihr beide, du und Anne, um zwei in meinem Büro seid."

***

„Treten Sie ein, Kommissarin. Wir erwarten Sie schon."

Carol, flankiert von Mark Bourke und Anne Newsome, fühlte sich wie ein Eindringling. Sie bedankte sich steif, daß die beiden dem gemeinsamen Termin zugestimmt hatten.

Alanna trat neben Lloyd Clancy, der an der offenen Dachterrassentür stand. Das blaue Wasser von Manly Cove glitzerte in der Nachmittagssonne. Als Carol sah, wie Alanna Lloyds Hand nahm und festhielt, ging es ihr durch und durch, und sie empfand tiefes Bedauern und Mitgefühl. Lloyd Clancy, ganz aufmerksamer Gastgeber, bat: „Bitte, nehmen Sie Platz."

Alanna und Clancy setzten sich, Hand in Hand, nebeneinander auf die Couch. Carol dachte an all die Rollen, die die beiden gespielt hatten, in denen intensive bombastische Aufwallungen der Gefühle in wundervolle Musik übersetzt wurden. Sie dachte an *Aida*, wo die beiden – wie jetzt – dem Untergang geweihte Liebende waren. Das hier war ein enttäuschender Abklatsch, das wirkliche Drama endete so unspektakulär in einer Eigentumswohnung am Hafen.

„Sie wissen, warum wir hier sind", erklärte Carol mit ruhiger entschiedener Stimme.

Alanna hielt ihrem Blick stand. „Ja, das wissen wir."

„Haben Sie etwas dagegen, wenn wir die Aussage auf Band nehmen?"

Alanna schüttelte langsam den Kopf, Bourke stellte das Tonbandgerät auf den Couchtisch und schaltete es ein. Er nickte Carol zu als Zeichen, daß er fertig war. Nur ungern zitierte sie die formale Belehrung über die Rechtsmittel, dann vergewisserte sie sich, daß die beiden verstanden hatten: „Sie brauchen jetzt keine Aussage zu machen, wenn Sie nicht wollen."

„Es ist gut so", sagte Alanna. „Im Grunde wird es uns eine Erleichterung sein."

Bourke begann: „Collis Raeburn hat sich nicht selbst umgebracht. Er wurde auf eine Weise ermordet, die wie Selbstmord erscheinen sollte."

Lloyd Clancy seufzte. „Ich möchte Ihnen ersparen, es aussprechen zu müssen. Auch wenn ich nicht weiß, wie ich vermeiden kann, überdramatisch zu klingen, aber ich habe Collis getötet. Ich allein – niemand hat mir geholfen."

„Das ist nicht wahr", widersprach Carol mit echtem Bedauern.

„Liebling, nicht", sagte Alanna zu Lloyd. „Ich bin sicher, daß die Kommissarin es weiß."

Lloyd war verstört, aber er blickte Alanna mit solcher Liebe an, daß Carol im Innersten zusammenzuckte. Sie sagte: „Sie haben sich größte Mühe gegeben, damit die Leute glauben sollten, daß Sie beide sich hassen."

„Wir dachten, dann würde niemand Verdacht schöpfen, daß wir zusammenarbeiten könnten", erklärte Alanna verlegen. „Es war meine Idee, Lloyd wegen übler Nachrede zu belangen, doch jetzt sehe ich ein, daß wir den Bogen wohl überspannt haben."

„Warum haben Sie sich telefonisch versichern wollen, daß Raeburn tot ist? Sie wußten es doch."

„Lloyd wußte es“, sagte Alanna, „*ich* aber nicht. Wir konnten uns auf der Vernissage nicht zusammen sehen lassen, das wäre zu gefährlich gewesen. Und wir hatten beschlossen, einander nicht anzurufen, da es ja sein konnte, daß unser Telefon abgehört würde. Die ganze Zeit dachte ich, daß Collis vielleicht dort lag und noch lebte, und wenn er gerettet würde...“ Sie verzog das Gesicht. „Es war dumm von mir, aber ich wußte ja nicht, wann das Hotelpersonal sein Zimmer öffnen würde, und ich war verzweifelt, weil ich nicht wußte, ob er wirklich tot war. Ich versuchte es bei der Zeitung, doch vergebens. Als am Montagmorgen nichts in den Schlagzeilen war, versuchte ich es im Hotel.“

Lloyd Clancy bekam einen schrecklichen Hustenanfall.

„Es geht Ihnen nicht gut, Mr. Clancy. Kann ich Ihnen ein Glas Wasser holen?“ erbot sich Mark.

Lloyd rang sich ein Lächeln ab. „Ich glaube, es ist eine Erkältung, aber ich ahne natürlich, daß es etwas Schlimmeres ist...“

„Seit wann wissen Sie, daß Collis Raeburn Ms Brooks infiziert hat und über sie auch Sie selbst?“

Alanna antwortete: „Vor sechs Wochen hatte Collis den Mut, es mir zu sagen. Es hat eine Weile gedauert, bis mir aufging, daß ich wahrscheinlich an AIDS sterbe. Und als klar war, daß ich Lloyd infiziert habe... da kam bei mir so eine Wut hoch... da wußte ich, daß ich Collis vernichten wollte.“

„AIDS läßt sich behandeln...“, warf Anne zaghaft ein.

Alanna nickte gequält. „Ja, natürlich haben wir uns über die neuesten Behandlungsmethoden informiert, aber mein Immunsystem ist sehr angegriffen, und bei Lloyd fällt die T-Zellenzählung.“ Sie lachte bitter. „Collis ging es viel besser als uns beiden, obwohl er schon länger infiziert war. Er hatte zwar Pneumonie, Lungenentzündung, erholte sich aber recht gut. Die Krankheit äußert sich bei den Menschen verschieden. Das erschien mir einfach nicht fair.“

Lloyd fuhr fort: „Collis hat das überhaupt nicht gekümmert, Kommissarin, er hat nicht gesagt, daß es ihm leid täte, weil er nicht einsehen konnte, daß er irgend etwas falsch gemacht hat. Pech gehabt, hat er gesagt. Und er war absolut sicher, daß er gesund würde... Er glaubte, er hätte ein fabelhaftes Leben."

„Warum haben Sie ihn umgebracht?"

Alanna antwortete: „Ich habe ihn gefragt, ob er es den anderen gesagt hat, mit denen er geschlafen hat, mit Corinne zum Beispiel, und er sagte, er hätte nicht die Absicht. Nur wegen der alten Zeiten hätte er es mir gesagt und weil er wüßte, daß ich es nicht weitersagen würde, denn damit würde ich ja auch mein Leben ruinieren."

„Er war ein egozentrisches Monster", warf Lloyd ein. „Collis glaubte im Ernst, daß für ihn die normalen Regeln und Maßstäbe keine Gültigkeit hätten, daß seine Mitmenschen nur für ihn da wären, für seine Bedürfnisse. Und jetzt hatte er uns beide zum Tode verurteilt. Alannas Leben – und meins – ist Singen. Die Oper beansprucht uns bis zur Erschöpfung. Uns beiden wurde klar, daß es nur eine Frage der Zeit wäre, bis sie oder ich oder wir beide nicht mehr singen könnten. Wir beschlossen, ihn zu töten – für das, was er uns angetan hat und anderen... und auch weiterhin antun würde."

Er rieb sich erschöpft das Gesicht, und Carol schlug vor, eine Pause zu machen und Kaffee oder Tee zu trinken. Das Tonband wurde abgestellt, Loyd, Anne und Mark gingen in die Küche. Alanna fragte Carol: „Kommissarin, Sie verstehen das, nicht wahr?"

„Ich glaube ja."

„Was wird nun mit uns geschehen?"

Was für Amateure, die beiden, dachte Carol. Mit Sicherheit würde Alanna jedes Mitleid zurückweisen, deshalb sagte sie nüchtern: „Erklären Sie sich für nicht schuldig und beantragen Sie bis zur Hauptverhandlung Freilassung auf Kaution.

Ich werde tun, was ich kann, damit Sie es durchkriegen. Auf diese Weise können Sie noch eine Zeitlang zusammensein."

„Mit etwas Glück sind wir vielleicht schon tot, bevor es zum Prozeß kommt", sagte Alanna mit schwarzem Humor.

Als sie fortfuhren, schien es, als hätte Alanna neue Kräfte gesammelt. „Wir beide hatten eine Checkliste. Wir wußten, daß wir keine Fehler machen konnten. Lloyd und ich kamen getrennt zur Vernissage im Museum of Modern Art, und wir sorgten dafür, daß wir mit möglichst vielen Leuten redeten. Ich hatte eine große Schultertasche bei mir – nicht so eine, wie ich sie normalerweise trage –, darin hatte ich Baumwollhandschuhe, eine Flasche Whisky und das Handbuch versteckt. Ich wußte, welche Schlaftabletten Collis nahm, schließlich hatten wir ja mal eine Beziehung, und es gelang mir, sie mir von einem Arzt verschreiben zu lassen. Gut die Hälfte der Tabletten zerstampfte ich, löste sie auf und füllte die Lösung in eine alte Medizinflasche. Die andere Hälfte ließ ich in Tablettenform für den Fall, daß Collis keine bei sich hatte, aber das hatte er, und so brauchte ich sie dann doch nicht."

Sie verzog das Gesicht. „Es so zu schildern, klingt schrecklich, aber zu dem Zeitpunkt kam es mir fast wie das Drehbuch zu einem Film vor – nicht ganz real, doch logisch und richtig. Gegen acht Uhr abends schlüpfte ich aus dem Museum, ging zu Fuß die paar Minuten bis zum Hotel. Ich hatte am Nachmittag mit Collis gesprochen, und er sagte mir, er hätte sein übliches Zimmer, also ging ich über die Feuertreppe direkt nach oben. Er war überrascht, mich zu sehen, hatte aber schon eine ganze Flasche Wein getrunken und war ganz entspannt. Genau gesagt, war er stolz auf sich, weil er Corinne angerufen und ihr erklärt hatte, daß ich seine Gesangspartnerin bliebe. Er sagte doch tatsächlich zu mir: ‚Siehst du, ich mache es wieder gut.' Er hatte mich mit dem Virus infiziert und dachte, damit hätte er's wiedergutgemacht! Ich war so außer mir, daß ich ihm am liebsten an die Gurgel gegangen wäre. Aber ich packte lächelnd die Whiskyflasche aus, es war seine Lieblingmarke, und er ließ sich gern von mir einschenken. Als ich das Eis aus der Zimmerbar nahm, tat ich etwas von der Lösung in sein Glas. Es sagte, der Whisky habe einen Beigeschmack, doch ich erklärte, es müsse an seinem Thunfischsalat liegen, und da er schon etwas beschwipst war, trank er dann weiter, während ich nur so tat..."

Sie hielt inne. „Und er hat keinen Verdacht geschöpft, daß etwas nicht stimmte?" animierte Mark sie zum Weiterreden.

Sie verzog den Mund. „Er hat nie gedacht, daß ich eine Bedrohung für ihn sein könnte. Wissen Sie, worüber wir gesprochen haben? Über die Behandlung, der er sich unterziehen wollte. Mit dem neuen Mittel, daß er sich aus den USA schicken ließ. Er sagte zu mir, wie toll es sei, daß er mit einer Person darüber reden könne, die ihn verstehe. Ich war froh, daß er all das sagte, denn das machte es mir sehr viel leichter. Dann wurde er schläfrig, und ich sagte, er solle sich aufs Bett legen. Er redete immer weiter und lallte bereits, als Lloyd an die Tür klopfte, wie wir verabredet hatten. Ich zog die Handschuhe an und ließ ihn herein. Collis war ziemlich hinüber, wollte aber wissen, was Lloyd hier zu suchen habe, daß Lloyd keine Antwort gab, merkte er gar nicht. Lloyd zog seine Handschuhe an, gab ihm die Schlafmittellösung zu trinken und drückte ihm das Handbuch in die Hand. Ich wusch das Glas aus, das ich benutzt hatte, und prüfte auf meiner Liste, ob ich nichts vergessen hatte."

„Haben Sie das Tagebuch genommen?" warf Carol ein.

Alanna wurde wütend. „Es lag offen auf dem Tisch, weil er darin geschrieben hatte. Als ich ging, nahm ich es mit, ich dachte, es könnte etwas von mir und Lloyd drinstehen."

„War es so?"

„Ich habe es verbrannt, Kommissarin, aber ich bin froh, daß ich's gelesen habe. Es gab mir die Sicherheit, daß wir das Richtige taten."

„Haben Sie das Schild BITTE NICHT STÖREN an die Tür gehängt?“

„Ja. Anschließend ging ich ins Museum zurück. Ich war eine gute Stunde weggewesen, aber es war dort soviel Betrieb, daß ich fast sicher war, es hätte mich niemand vermißt, und ich sorgte dafür, daß ich von da an gesehen wurde.“

„Jetzt erzähle ich weiter.“ Lloyds Versuch zu lächeln mißlang. „Kurz nach neun rief ich die Rezeption an und bat, keine Anrufe durchzustellen, und ich bestellte den Kaffee. Natürlich hielt man mich für Collis. Ich wartete, bis der Kaffee vor die Tür gestellt wurde, schenkte eine Tasse ein, goß Alannas Lösung hinein und flößte sie Collis ein. Sobald er das Bewußtsein verlor, zog ich meine Liste hervor und legte sie auf das Nachtschränkchen, damit ich nichts vergaß. Dann dachte ich, wie schrecklich es wäre, wenn ich ihn umbrächte, und wollte schon gehen. Da fiel mir meine Liste ein und ich machte kehrt... Jedenfalls wischte ich die Whiskyflasche ab und sein Glas für den Fall, daß Alanna irgendwas angefaßt hatte. Dann drückte ich seine Finger darauf und auch auf das Handbuch. Inzwischen ging sein Atem schwer und stoßweise... Es war grauenvoll, und ich wollte, daß er aufhörte. Ich nahm die zusammengefaltete Plastiktüte aus meiner Tasche, stülpte sie ihm über den Kopf und band sie mit einer seiner Krawatten zu.“

„Haben Sie all diese Einzelheiten aus dem Handbuch?“

Bei Bourkes Frage seufzte er. „Im Buch klingt das alles so klinisch. Mir war nicht klar, wie schrecklich es in Wirklichkeit sein würde. Collis lag da mit der Plastiktüte über dem Kopf, die sein Atem langsam von innen beschlug. Er röchelte, als ob er erstickte. Er lag ganz still, und ich wartete, daß er wieder atmete, aber das tat er nicht. Ich vergewisserte mich, daß ich nichts vergessen hatte, steckte die Liste ein und überprüfte dreimal das Zimmer. Und dann sah ich ihn an und fand es so grauenvoll, wie er mit dem Kopf in der Plastiktüte dalag. Ich merkte, daß er sich übergeben hatte, und auch wenn ich ihn haßte, konnte ich ihn nicht so liegen lassen. Ich band die Krawatte ab, zog die Tüte vom Kopf – sie war dumpfig, heiß und stank derart, daß ich mich fast übergeben hätte. Collis war tot, aber ich mußte ihm einfach das Gesicht abwaschen, ich konnte nicht anders. Ich befeuchtete eins seiner Taschentücher und säuberte ihn, steckte Tuch und Tüte ein, kippte das Whiskyglas um und verstreute die Tabletten auf dem Teppich. Ich nahm alle Medikamente aus dem Badezimmerschrank, außer der Flasche mit den Schmerztabletten."

Er lächelte ohne jeden Humor. „Alanna und ich dachten, es brauchte niemand zu wissen, daß er HIV-positiv war, wissen Sie, deshalb nahm ich sämtliche Medikamente an mich."

„Es ist üblich, daß bei jeder Autopsie ein Bluttest gemacht wird", erklärte Carol leise.

„Das wußten wir nicht. Es gab einige Dinge, mit denen wir nicht gerechnet haben."

„Sie haben die Krawatte verloren." Carol klang fast bedauernd.

„Ja, ich hatte es so eilig, aus dem Zimmer zu kommen – ich war in Panik, weil ich es nicht ertragen konnte, mit ihm in einem Zimmer zu sein. Ich drehte den Fernseher an und die Klimaanlage und stürzte davon. Als ich alles in einen Müllcontainer warf, war die Krawatte nicht mehr in meiner Tasche, aber ich konnte ja nicht zurück, weil ich den Zimmerschlüssel von innen stecken ließ."

„Sagen Sie mir", fragte Carol mit echter Neugier, „haben Sie seine Hand so künstlich hindrapiert?"

Verlegen starrte Lloyd zu Boden. „Ich fürchte, ja. Es sah mir nicht richtig aus, wie er dalag. Ich dachte, so wirke es überzeugender."

Das ist der Knackpunkt, dachte Carol, *du hast dich einfach zu sehr bemüht, damit es auch wirklich wie Selbstmord aussah.*

***

Später, in der Kneipe nebenan bei einem Glas auf den erfolgreichen Abschluß des Falles, sagte Bourke: „Kein Wunder, daß die beiden eingeknickt sind, Carol. Du hast so getan, als wüßtest du sämtliche Einzelheiten, daß du sogar mich überzeugt hast – obwohl ich ja wußte, daß es nicht so war."

Auch Anne nickte bewundernd.

Carol schwenkte den Whisky in ihrem Glas. „Aufgrund der Anrufe war ich ganz sicher, daß zwei Leute beteiligt waren. Für mich stand fest, daß die Person, die Raeburns Tod abgewartet und ihm anschließend die Plastiktüte abgenommen hatte, wußte, daß der Mord geklappt hatte... Wer also war die andere Person, die bei der Zeitung und beim Hotelmanager angerufen hatte, um sich zu vergewissern?"

„Eine Person, die nicht genau wußte, ob er auch wirklich tot war", antwortete Anne.

„Ja, Anne, aber warum wußte sie es nicht? Die Person mußte das Hotelzimmer verlassen haben, bevor Raeburn starb, und hatte danach keine Möglichkeit, sich genau zu erkundigen. Das bedeutete, daß es gute Gründe geben mußte, warum diese beiden Leute solche Anstrengungen unternahmen, keinesfalls miteinander in Verbindung gebracht zu werden – deshalb suchte ich nach einem Paar mit einem starken gemeinsamen Motiv, das sich aber sehr auf Distanz hielt."

„Richtig", sagte Anne, „aber warum gerade Lloyd Clancy und Alanna Brooks?"

„Sehen Sie sich die anderen in Frage kommenden Verbindungen an: Raeburn und seine Tochter?"

„Haben sich miteinander verbündet“, ergänzte Mark.

Carol nickte. „Nicole und Welton – sie sind befreundet und kamen sogar zusammen in mein Büro. Und wer sollte sich warum mit Corinne Jawalski verbünden wollen?“

„Ja, aber wie steht's mit Welton und Livingston?“ warf Anne ein. „Welton attackierte Livingston, und sie beide hatten ein gemeinsames Motiv: *Dingo*.“

Wieder nickte Carol, mit der jungen Assistentin zufrieden. „Das war tatsächlich eine Möglichkeit, doch das Motiv erschien mir nicht stark genug. Auch die anderen Kombinationen, zum Beispiel Raeburn und Welton, hauten nicht hin. Aber Lloyd und Alanna schon.“ Sie zählte die Punkte an den Fingern ab: „Sie hatten die Gelegenheit – die Vernissage war in der Nähe von Raeburns Hotel, und Pat sagte, daß es dort sehr voll gewesen sei, den ganzen Abend ein ständiges Kommen und Gehen. Sie hatten ein Motiv. Obwohl Alanna ihre Beziehung mit Collis aufgefrischt hatte, bestritt sie es nach seinem Tod, weil sie von seiner HIV-Infektion wußte und selbst infiziert war. Außerdem leugnete sie, wie Lloyd übrigens auch, daß sie mit ihm eine Beziehung hatte – warum machten sie sich diese Mühe, wenn sie nicht etwas zu verbergen hatten?“

„Und die beiden haben Streit angefangen, um Feindseligkeit zu demonstrieren“, sagte Anne und prostete Carol mit ihrem Weinglas zu.

„Messerscharf geschlossen, die Kriminalassistentin mausert sich“, bemerkte Bourke grinsend zu Anne. Dann wurde er ernst und sagte: „Ja, für die Sexpartner und -partnerinnen von Collis Raeburn wird es ein schreckliches Erwachen geben, wenn es die Zeitungen bringen – und darüber besteht kein Zweifel.“

„Ja.“ Ergrimmt dachte Carol an Corinne Jawalski und Graeme Welton und hoffte, daß nicht am Ende die ganze Eureka Operngesellschaft dem Virus zum Opfer fiele.

Leise sagte Mark zu Carol. „Mir ist zu Ohren gekommen, daß Kenneth Raeburn nicht belangt wird, das wird deinen Namen aus der Presse heraushalten, Carol."

„Für den Moment vielleicht", entgegnete sie trocken.

Anne ereiferte sich: „Er sollte nicht ungeschoren davonkommen!"

„Das tut er auch nicht. Seine ganze Welt ist in Scherben gegangen und der Ruf seines Sohnes auch." Mark stieß mit seinem Bierglas an Carols Whiskyglas und fügte hinzu: „Weißt du, wir Bullen finden über manches zum Schulterschluß – niemand wird den Medien ein Wort über dich sagen."

Carol trank ihren Whisky und dachte über diese neue Wendung im Zentrum des Universums nach. Jetzt lebte sie nicht mehr im Dunkeln, ihre eigene Familie und die Polizeifamilie wußten Bescheid über sie. Sie war nicht blauäugig – es würde Probleme geben, ernsthafte, schwerwiegende. Aber das fand sie in Ordnung, sie hatte ein gutes Gefühl. Ein sehr gutes sogar...

„Herrje", sagte sie plötzlich, „beim Stichwort Medien fällt mir Simon Sykes ein. Er hat von mir verlangt, den Fall bis Mittwoch abzuschließen, und jetzt hab' ich doch tatsächlich seinen verdammten Termin eingehalten..."

13

Balmoral Beach sah an diesem sonnigen Frühlingstag wie gemalt aus. Sachte plätscherten die Wellen vom Hafen herüber, Möwen staksten über den Strand oder segelten darüber hin, erste Schwimmer hatten sich beherzt ins kalte Wasser gestürzt, während weniger couragierte durch den hellgelben Sand spazierten. Jenseits der Kaimauer erhob sich der weiße Pavillon, ein Schmuckstück inmitten grünen Rasens.

Carol schmunzelte über Mark, dessen übliche Saloppheit ihn schmählich in Stich gelassen hatte. „Ich weiß, daß irgendwas schiefgehen wird, Carol."

„Nur Mut. Es ist bloß das schwache Nervenkostüm eines Bräutigams."

Carol stubste ihn liebevoll. „Nun los, Pat wartet schon auf dich."

Als er seinen Platz einnahm, entdeckte sie Sybils rote Mähne. Carol machte einen Bogen um die Menge und trat neben sie. „Hallo, Liebste."

Zögernd lächelte Sybil sie an. Carol nahm ihre Hand, und als ihre Finger sich jetzt verschränkten, mußte sie unwillkürlich an Alanna und Lloyd denken. „Kommst du zurück nach Hause?" fragte sie.

Sybil drückte ihre Hand. „Vielleicht. Sofern du mir einen triftigen Grund nennen kannst."

„Ich vermisse dich."

„Nicht schlecht, aber hast du nichts Besseres zu bieten?"

„Jeffrey vermißt dich ganz schrecklich."

„Tja", sagte Sybil, „wenn das kein Argument ist."